JOHANNIS
LAHR

Hildegard Krug

Seltsame Adventsgäste im fröhlichen Pfarrhaus

28 Kindergeschichten zum Vorlesen in der Advents- und Weihnachtszeit

3. Band

JOHANNIS LAHR

Ein weiteres weihnachtliches Vorlesebuch von Hildegard Krug mit den Erlebnissen aus dem fröhlichen Pfarrhaus, von denen schon in den TELOS-Kindertaschenbüchern

»Advent im fröhlichen Pfarrhaus« (Nr. 73 084)
»Die Adventswürfel im fröhlichen Pfarrhaus« (Nr. 73 088)

erzählt wurde.

Die Deutsche Bibliothek – CIP-Einheitsaufnahme

Krug, Hildegard:
Seltsame Adventsgäste im fröhlichen Pfarrhaus / Hildegard Krug. – Lahr : Johannis.
Bd. 2 u.d.T.: Krug, Hildegard: Die Adventswürfel im fröhlichen Pfarrhaus
Bd. 3. 28 Kindergeschichten zum Vorlesen in der Advents- und Weihnachtszeit. – 1995
(TELOS-Bücher ; Nr. 3095 : TELOS-Kindertaschenbuch)
ISBN 3-501-01259-4
NE: GT

ISBN 3-501-01259-4
TELOS-Bücher
TELOS-Kindertaschenbuch Nr. 73 095
Umschlagentwurf und Textillustration: Emmy-Claire Haag

Gesamtherstellung:
St.-Johannis-Druckerei, 77922 Lahr/Schwarzwald
Printed in Germany 12030/1995

Inhalt

1. Advent

Einladung zu Ethelbert

Und wieder ist der 1. Advent gekommen. Die Pfarrersfamilie Fröhling sitzt gemütlich beim Frühstück beisammen. Statt eines Morgensliedes wird heute ein Adventslied gesungen, und zwar – auf allgemeinen Wunsch – das Lied »Macht hoch die Tür, die Tor macht weit«.

Werner Wigbert, das älteste der Pfarrerskinder, ist jetzt 12 Jahre alt. Er wird für gewöhnlich Wickie genannt. Seine Schwester Maria Michaela, genannt Micky, ist ein Jahr jünger. Dann folgt Brenda Brigitte, genannt Biggi, neun Jahre alt. Rainer Richard, genannt Dickie, ist mit seinen fünf Jahren der Jüngste im Familienkreis.

Pfarrer Rainer Gottfried Fröhling hat schwarze Locken und einen schwarzen Bart; im Familienkreis gibt er sich nicht sehr »würdevoll«; er steckt vielmehr oft voller lustiger und phantasievoller Einfälle. Frau Clara-Marie Fröhling hat Musik studiert. Sie gibt Klavier-, Gitarren- und Flötenunterricht und spielt in der Kirche die Orgel.

Zur Familie gehört außerdem die alte Haushälterin Anne-Kathrin Hartkopp, von den Kindern Annekatt genannt. Sie hat früher den Haushalt des verwitweten Landarztes Dr. Wegener versorgt. Nach seinem Tode haben Fröhlings sie »übernommen«, denn ohne Arbeit kann Anne-Kathrin nicht leben.

Das Dorf, in dem Fröhlings leben, heißt Moosbrügge. Es liegt im Spessart und ist ein Luftkurort. Den

Feriengästen stehen zwei Gasthöfe zur Verfügung, der Gasthof »Zu den Sieben Zwergen« und die Pension »Spessartblick«. Pfarrer Fröhling hat noch ein zweites Dorf zu betreuen, und das heißt Wildenbach.

»Jetzt könnt' ich's hier zu Hause so gemütlich haben«, seufzt Werner Wigbert und nimmt sich ein Stück von dem leckeren Weihnachtsstollen, den Anne-Kathrin nach einem Geheimrezept, das sie keinem verrät, gebacken hat. »Aber nun muß ich heute nachmittag zu Ethelbert Littmeyer. Er hat nämlich am Freitag Geburtstag gehabt. Und der soll heute gefeiert werden.«

»Der Ethelbert, das ist doch der, den du immer ›Ekelbert‹ nennst«, kichert Schwester Biggi.

»Na, zu einem Geburtstag zu gehen – das ist doch nicht schlimm«, meint Maria Michaela.

»Normalerweise nicht«, knurrt Werner Wigbert. »Aber den Ekelbert – den kann ich nun mal nicht besonders gut leiden. Er ist so was wie ein Angeber, ein richtiger Snob, und die find' ich blöde! Doch Jens meint, wir müssen hingehen. Er ist nämlich auch eingeladen.« – Wickies Freund Jens Jörgensen und sein jüngerer Bruder Nils sind zwei Waisenkinder. Vor zwei Jahren verloren sie ihre Mutter und haben dann ein neues Zuhause gefunden bei dem Landarzt Dr. Herbert Calmus und seiner Frau Rita, einer Tierärztin.

»Ja, seht ihr«, fährt Wickie hitziger fort, »den Jens, den hat er eingeladen, denn er kommt ja aus einem Doktorhaus. Aber unsern Freund Waldo Eberlein, den hat er nicht eingeladen. Der ist ja bloß ein Förstersohn!«

»Hm«, überlegt Biggi, »wenn man Geburtstag hat, kann man doch einladen, wen man will – oder?«

Damit hat Biggi recht; man kann es nicht abstreiten. – Vater Fröhling blinzelt seinem Ältesten zu.

»Mensch, ärgere dich nicht, Wickie! Wir haben heute den 1. Advent – Grund genug zur Freude! Es heißt nicht nur: Tochter Zion, freue dich! Sondern auch: Werner Wigbert, freue dich!«

Das gefällt Biggi, und sie fängt gleich an zu summen: »Werner Wigbert, freu-eu-eu-e dich, ja-a-auchze laut Jerusalem!«

»Ich würde aus dem Ganzen ein Spiel machen«, schlägt der Vater vor. »Ihr seid doch zwei, der Jens und du. Euer Spiel könnte heißen: Wir helfen Frau Littmeyer. Sie hat es nämlich schwer seit dem Tode ihres Mannes, die Frau Littmeyer. Darum braucht sie Hilfe.«

»Ein Spiel?« wundert sich Wickie. »Wieso soll das ein Spiel sein, wenn wir Frau Littmeyer helfen?«

»Es kommt immer darauf an, was man aus einer Sache macht«, erklärt ihm der Vater. »Ich stelle mir das sehr komisch vor, was wohl der Ethelbert für ein Gesicht ziehen wird, wenn ihr plötzlich aufspringt, um Frau Littmeyer zur Hand zu gehen. Wenn ihr es als Spiel auffaßt, könntet ihr viel Spaß dabei haben. Na, und dann schlagt ihr ein paar hübsche Spiele vor, ihr kennt doch genug. Ihr habt es zum guten Teil selbst in der Hand, ob ein netter Nachmittag daraus wird oder nicht.«

So ganz überzeugt ist Werner Wigbert nicht. Immerhin will er den Rat seines Vaters ausprobieren. Vielleicht läßt sich der Nachmittag dann noch halbwegs retten.

»Hast du schon ein Geschenk für Ethelbert?« erkundigt sich Maria Michaela. Wigbert nickt. »Ja, Mutti hat einen schönen Kalender besorgt. Daran kann sich der Ethelbert dann ein ganzes Jahr erfreuen.«

Ethelbert wohnt mit seiner Mutter in einem der

hübschen, modernen Ferienhäuser oben am Waldrand. Früher war es das Ferienhaus der Littmeyers. Nach dem plötzlichen Tode des Vaters sind Frau Littmeyer und ihr Sohn ganz nach Moosbrügge übergesiedelt. Das Leben hier auf dem Dorf ist billiger als in der Großstadt.

Außer dem Geburtstagskind finden Wigbert und Jens noch zwei Mädchen vor bei Littmeyers. – »Dies ist Alice«, stellt Ethelbert ein etwa gleichaltriges Mädchen vor. »Der schicke Ferien-Bungalow neben uns gehört ihnen. Ihr wißt doch: Alice aus dem Wunderland, die mit dem weißen Kaninchen.«

»Ihr müßt nicht alles glauben, was der so erzählt«, wendet sich Alice an die beiden Freunde. »Ich komme aus keinem Wunderland, sondern aus Würzburg.«

»Und ein Kaninchen haben wir auch nicht«, meldet sich hier Alices jüngere Schwester Agnes zu Wort. »Nicht mal ein graues – geschweige denn ein weißes!«

»Ich habe doch nur auf das weltberühmte englische Kinderbuch ›Alice im Wunderland‹ angespielt«, verteidigt sich Ethelbert. »Nun sag bloß noch, daß es auch nicht stimmt, daß dein Vater einen roten Ferrari fährt!«

»Also, das stimmt wirklich nicht«, erwidert Alice. »Mein Vater fährt einen Mercedes. Der Ferrari gehört Onkel Max.«

»Na, dann zählt er doch auf jeden Fall mit zur Familie – der Ferrari!« behauptet Ethelbert.

»Nein, tut er nicht«, widerspricht Alice. »Onkel Max ist nämlich gar kein ›richtiger Onkel‹. Er ist nicht mit uns verwandt. Wir nennen ihn bloß ›Onkel‹.«

Ethelbert schüttelt mißmutig den Kopf. »Na, bei euch scheinen die Familienverhältnisse ziemlich verwickelt zu sein! – Und nun sag mir mal, Alice aus Würzburg, warum hast du eigentlich deine kleine

Schwester mitgebracht? Ich habe doch nur dich eingeladen!«

»Ja, das hast du«, bestätigt Alice. »Nur – wo sollte ich sie denn lassen? Meinst du, sie sollte allein zu Hause bleiben?«

»Na, bei deiner Mutter natürlich, dort, wo sie hingehört – da sollte sie bleiben«, findet Ethelbert.

»Meine Mama ist nicht zu Hause«, erklärt Alice. »Sie ist ausgefahren. Mit Onkel Max. In dem roten Ferrari. Und mit unserm kleinen Bruder Arno.«

»Also, ich sag's ja!« ruft Ethelbert. »Ihr seid eine komische Familie. Warum haben sie denn Agnes nicht mitgenommen?« –

Alice blickt Ethelbert fest an mit ihren ernsten, durchdringenden grauen Augen. »Onkel Max will es nicht. Er mag uns Mädchen nicht. Er will nur Arno dabeihaben. Aber wenn es dir nicht paßt, Ethelbert, können wir ja wieder nach Hause gehen – alle beide.« Die arme Agnes ist ganz rot geworden vor Verlegenheit. Sicher gäbe sie viel darum, wenn sie sich jetzt in Luft auflösen könnte!

Jens Jörgensen, der ein gescheiter und vernünftiger Junge ist, hat es bemerkt. »Nun beruhige dich, Ethelbert«, ergreift er das Wort, »und sei kein Frosch! So spricht man doch nicht zu jungen Damen. Du solltest froh und dankbar sein, daß Alice ihre Schwester mitgebracht hat. Zu fünft können wir noch viel schöner spielen als zu viert. Oder hast du etwa Angst, der Geburtstagskuchen könnte nicht reichen? Deine Mutter hat sicher genug gebacken – stimmt's?«

Das muß Ethelbert zugeben. Er lächelt süßsauer, denn es hilft ja nichts, er muß versuchen, den liebenswürdigen Gastgeber zu spielen, der den ungebetenen Gast willkommen heißt.

Frau Littmeyer möchte nun den Tisch decken. Sofort springen Werner Wigbert und Jens auf, um ihr dabei zu helfen. (Wickie hat Jens von dem Vorschlag seines Vaters erzählt.) Die Mädchen lassen sich nicht lumpen, auch sie wollen mithelfen.

»Laßt doch – meine Mutter macht das schon«, versucht Ethelbert sie zu bremsen, doch darauf reagieren sie nicht, und so sitzt Ethelbert mit einem ziemlich dummen Gesicht da, während die andern um den Tisch herumschwirren.

Als Getränk hat sich Ethelbert Orangensaft gewünscht. Jens übernimmt das Einschenken. Er macht es recht geschickt. Alice verteilt den Kuchen. Auch sie ist nicht unerfahren in häuslichen Arbeiten – das merkt man. Es gibt Apfelkuchen und Schokoladentorte.

Wickie unterhält die Geburtstagsgesellschaft mit allerlei lustigen Geschichten, die sich im vorigen Winter ereignet haben und die Ethelbert und die Mädchen noch nicht kennen. Zum Beispiel die Geschichte von der Frau Schwacke und ihrem Gespenst, das ihr jede Nacht den Kühlschrank leer fraß, bis Dr. Calmus herausfand, daß sie es selber war, die nachts im Schlaf zum Kühlschrank wandelte und sich dort sättigte.

»Oh, gegen das Schlafwandeln weiß ich ein prima Rezept«, lacht Ethelbert. »Das heißt, es stammt nicht von mir, sondern von dem amerikanischen Schriftsteller Mark Twain. Jetzt paßt auf: Der Schlafwandler soll jeden Abend zwei Löffel voll Reißnägel rings um sein Bett streuen, das hilft garantiert!«

Dann erzählt Wickie noch von dem Zwerghahn Adrian, den ein Nachbar verklagte, weil das Krähen ihn störte. »Ist er denn nicht bei dem Basar, den ihr veranstaltet habt, versteigert worden?« kommt dem Ethelbert eine schwache Erinnerung.

»Ja, aber das war doch bloß zum Schein – nur so aus Spaß, um Geld zusammenzukriegen«, klärt ihn Wickie auf. »Sein Besitzer hat ihn nachher zurückbekommen – das war von vornherein klar; mit dem Basar haben wir Geld gesammelt für den krebskranken Jungen Frank Hartung, einen Klassenkameraden von meiner Schwester Biggi.«

»Und was ist aus ihm geworden – aus dem Frank?« möchte Alice wissen.

»Es geht ihm gottlob viel besser«, berichtet Jens. »Er muß natürlich noch weiter in Behandlung bleiben, doch die Ärzte hoffen, daß er eines Tages ganz gesund sein wird.«

Ethelbert holt dann ein Spiel herbei, das »Denk fix« heißt. Dabei muß einer als Spielleiter fungieren. Wickie ist dazu bereit. Er nimmt ein Kärtchen in die Hand und liest es vor. Darauf steht zum Beispiel: »Ein Körperteil« oder: »Etwas, das man zum Hausbau braucht.« Agnes als die Jüngste darf die Drehscheibe betätigen. Sie zeigt auf irgendeinen Buchstaben. Nun muß schnell ein Körperteil mit dem entsprechenden Buchstaben genannt werden. Wem das zuerst gelingt, der kriegt das Kärtchen überreicht, und wer zuletzt die meisten Kärtchen gesammelt hat, ist der Sieger.

Ethelbert, der das Spiel schon oft gespielt hatte, glaubte, mit Leichtigkeit gewinnen zu können. Doch er mußte feststellen, daß auch Jens über ein großes Wissen verfügte und daß Alice sehr fix und schlagfertig war. Nur die stille, ein wenig schüchterne Agnes hatte keine Chance. Schließlich siegte Alice mit dem knappen Vorsprung von zwei Kärtchen.

»Jetzt wollten wir etwas richtig Lustiges spielen«, schlägt Wickie vor. »Wir brauchen dazu Papierbögen und Bleistifte. Zuerst zeichnet jeder ein kleines Bild seiner Wahl. Dann reicht er es seinem linken Nachbarn. Der knifft es um und setzt dann eine Unterschrift darunter. Die Blätter werden wieder weitergegeben, und jeder zeichnet ein Bild nach der Unterschrift, die er vorgefunden hat. So geht es weiter: Bild – Unterschrift – Bild – Unterschrift – bis der Bogen voll ist. Das letzte Bild hat für gewöhnlich überhaupt keine Ähnlichkeit mehr mit dem ersten auf dem Blatt Papier!«

Ja, die Kinder haben noch eine Menge Spaß zusammen, ehe sich Jens und Wickie verabschieden. Auch die Mädchen brechen nun auf. Onkel Max ist gerade zurückgekommen.

»Seid ihr an jedem Wochenende in Moosbrügge?«

fragt Wickie die Mädchen, die übrigens »Seidenthal« heißen.

»Ja, meistens«, erwidert Alice.

»Wenn ihr Lust habt, dann kommt doch mal zu uns ins Pfarrhaus«, fordert Wickie sie auf. »Meine Schwestern würden sich bestimmt freuen.«

Alice horcht auf. »Wie? Du hast mehrere Schwestern?«

»Zwei Stück, elf und neun Jahre alt«, antwortet Wickie.

»Ja, dann werd' ich bestimmt mal bei euch hereinschauen«, versichert Alice.

»War es schön bei Ethelbert?« Mit dieser dreistimmigen Frage wird Wickie daheim empfangen.

»Oh doch – eigentlich schon«, gähnt Wickie. »Aber auch ziemlich anstrengend, und jetzt muß ich meine Ruhe haben.« – Es ist nichts weiter aus ihm rauszuquetschen!

Montag nach dem 1. Advent

Das gastliche Pfarrhaus

Erst beim Mittagessen am Montag taut Wickie auf und fängt an, etwas über Ethelberts Geburtstagsfeier zu erzählen, nachdem er sich an einem großen Teller »Pichelsteiner Eintopf« mit viel Gemüse und kleinen Fleischstücken gestärkt hat.

»Außer Jens und mir waren da noch zwei Mädchen«, berichtet er. »Die heißen Alice und Agnes Seidenthal und wohnen in Würzburg. Ihnen gehört der schicke Ferienbungalow direkt neben dem Haus von Littmeyers. An den Wochenenden kommen sie öfter mal nach Moosbrügge in ihr Ferienhaus. Ethelbert meint, es sei eine komische Familie, und das scheint mir auch so, denn sie haben einen Onkel Max mit einem roten Ferrari, und der ist gar kein richtiger Onkel.«

»Das gibt's doch nicht!« erklärt Brenda Brigitte energisch. »Entweder er ist ein Onkel, oder er ist kein Onkel.« Ihre blanken dunklen Augen funkeln. Sie hat dunkles, kurzgeschnittenes Haar, das ihr wie eine Kappe um ihr schmales Köpfchen liegt.

»Doch, das kann es wohl geben«, sagt ihre ältere Schwester, die elfjährige Maria Michaela. Sie hat glattes braunes Haar, das ihr fast bis auf die Schultern herabhängt, und besitzt ein sanftes, freundliches Wesen. »Es gibt doch Menschen, die nennen wir Onkel und Tante, auch wenn sie nicht mit uns verwandt sind. Wir sagen ja auch ›Onkel Herbert‹ und ›Tante Rita‹ zu den Pflegeeltern von Jens und Nils.«

Werner Wigbert blitzt seine Schwestern an mit seinen lebhaften goldbraunen Augen. »Das ist noch nicht alles, wißt ihr? Dieser Onkel Max fährt mit Frau Seidenthal und dem kleinen Bruder der Mädchen spazieren in seinem roten Ferrari, aber Alice und Agnes will er nicht dabeihaben.«

»Und Herr Seidenthal? Der Vater der Mädchen? – Wo ist denn der?« möchte Biggi wissen.

»Vielleicht ist er gestorben – wie der Vater von Ethelbert«, vermutet Micky.

Wickie denkt scharf nach. »Nein, das kann nicht sein. Jetzt erinnere ich mich. Alice hat erwähnt, daß ihr Vater einen Mercedes fährt. Wenn er gestorben wäre, könnte er ja keinen Mercedes mehr fahren!«

Das ist logisch. Die Familienverhältnisse scheinen wirklich verwickelt zu sein bei den Seidenthals aus Würzburg. – »Kennst du die Familie?« wendet sich Frau Fröhling an ihren Gatten.

Pfarrer Fröhling schüttelt den Kopf. »Nein, sie wohnen ja nicht hier. Die Feriengäste kommen und gehen. Man lernt sie erst allmählich kennen.«

»Ihr könnt sie schon bald kennenlernen – wenigstens die Mädchen!« verkündet Wickie. »Ich habe sie nämlich eingeladen, uns mal zu besuchen.«

»Ich hätte es mir denken können«, murmelt Anne-Kathrin Hartkopp. »In diesem Haus reißt der Strom von Gästen niemals ab – besonders nicht in der Adventszeit.«

Werner Wigbert, den Anne-Kathrin ›Berti‹ nennt, schaut sie an mit seinen goldbraunen Augen, die er von der Mutter geerbt hat, und lächelt sein unwiderstehliches Lächeln. Er ist ein bildhübscher Junge mit seinen schwarzen Locken, und er weiß sehr gut, daß Anne-

katts Groll bei diesem Lächeln dahinschmilzt wie Butter in der Frühlingssonne.

»Das kann doch nicht anders sein in einem Pfarrhaus«, erklärt er liebenswürdig. »Es muß immer ein ›Haus der offenen Tür‹ sein, nicht wahr, Vati? Denn in der Bibel steht, daß wir gastfrei sein sollen. Und da muß die Pfarrersfamilie mit gutem Beispiel vorangehen. Du brauchst auch keine Angst zu haben, Annekatt, daß die Seidenthal-Mädchen Schmutz und Unordnung ins Haus bringen. Es sind wohlerzogene Mädchen aus gutem Hause. Alice wird etwa so alt sein wie du, Micky, sie ist praktisch und hilfsbereit – das habe ich schon bemerkt –, und gescheit ist sie auch. Agnes könnte so alt sein wie du, Biggi; vielleicht ein bißchen jünger. Du mußt dich um sie kümmern, denn sie ist still und wohl auch ein wenig schüchtern.«

»So!« schnaubt Biggi. »Ich soll mich also um sie kümmern! Hab' ich sie denn eingeladen? Kümmere du dich gefälligst um sie! Ein stilles, schüchternes Mädchen – nun sag mir bloß, was ich mit der anfangen soll!«

Jetzt läßt Wickie sein Lächeln aufleuchten für sein Schwesterchen; aber er weiß wohl, daß sie viel schwerer zu bezaubern ist als die alte Annekatt.

»Siehst du, Biggi«, setzt er ihr auseinander, »wenn wir erst richtig bekannt sind mit den Seidenthal-Mädchen, dann könnten wir sie zum Kindergottesdienst einladen. Das möchten wir doch immer gern, nicht wahr? Es macht doch Spaß, ein ›Menschenfischer‹ zu sein. Ich habe das meinige getan – ich habe sie eingeladen. Jetzt seid ihr Mädchen an der Reihe. Wenn ihr es geschickt anfangt, können wir sie bestimmt gewinnen.«

»Na schön, das kann Micky tun«, lenkt Biggi ein. »Micky ist viel besser dazu geeignet. Sie kann wirklich mit Kindern umgehen – schon immer. Den Dickie hat sie oft betreut, und der Nils Jörgensen hängt wie eine Klette an seinem ›Mariechen‹, die wird auch noch mit dieser Agnes fertig und wird sie gehörig aufmuntern. Ich kann dafür besser mit Tieren umgehen. So hat eben jeder seine Gaben.«

»Warum könnt ihr nicht alle zusammen spielen?« schlägt Frau Fröhling vor. »Dann wird keiner überfordert, und keiner kommt zu kurz, und ihr habt den meisten Spaß davon.«

»Lassen wir die Sache doch erst mal an uns herankommen«, meint der Hausvater. »Vielleicht erscheinen die Mädchen gar nicht bei uns. Man soll sich niemals den Kopf zerbrechen wegen ungelegter Eier.«

Dienstag nach dem 1. Advent

Das Märchenhaus

»Heute hat Oma Otterbein Geburtstag. Sie wird 85 Jahre alt. Wir wollen hingehen und ihr ein Geburtstagslied singen«, sagt Frau Fröhling zu ihren Kindern. »Über ein solches Ständchen wird sie sich bestimmt freuen.« –

Wickie muß sich auf eine Mathematikarbeit vorbereiten. Jens Jörgensen, der ein Jahr älter ist und folglich eine Klasse über ihm (beide besuchen das Realgymnasium in Haslau) will ihm dabei helfen. Jens ist ein guter Mathematiker, während Wickie nicht sehr viel übrig hat für diese Wissenschaft.

Frau Fröhling zieht los mit Micky, Biggi, Dickie und Nils Jörgensen, der sehr musikalisch ist. Das Geburtstagskind freut sich riesig über das Geburtstagsständchen. Sie läßt es sich auch nicht nehmen, Plätzchen zu verteilen an die kleinen Sänger. –

Auf dem Rückweg kommen sie an einem alten Fachwerkhaus vorbei, das gerade renoviert worden ist. Brenda Brigitte bleibt stehen. »Schaut mal, das alte Haus! Vorher sah es ganz verwahrlost und beinahe baufällig aus. Jetzt erkennt man es kaum wieder. Es ist ein richtiges Schmuckkästchen geworden.«

»Es ist ein Märchenhaus«, schwärmt Nils Jörgensen, den Maria Michaela immer »Nisse« nennt, weil seine verstorbene Mutter ihn so genannt hat.

»Ja, ein Märchenhaus – ganz entzückend«, stimmt Maria Michaela begeistert zu. »Seht nur die Laterne

über der Haustür! Solche Laternen findet man heute kaum noch.«

»Und der goldene Wetterhahn auf dem Dach!« ruft Rainer Richard, genannt Dickie.

»Und die Fenster dort unten neben der Haustür«, bemerkt Frau Fröhling. »Das muß wohl die Diele sein. Es sieht aus, als wären es richtige Butzenscheiben, wie man sie im Mittelalter gehabt hat – und mit farbigem Glas.«

Inzwischen hat Biggi das »Märchenhaus« von allen Seiten beäugt. »Hinten nach dem Garten zu haben sie ganz große Fenster eingesetzt«, berichtet sie. »Und eines davon ist eine Tür. Da können sie direkt auf die Terrasse und dann in den Garten.«

»Und der Zaun – guckt nur!« sagt Micky. »Der ist nun auch fertig. Lauter weiße, geschwungene Zaunlatten – paßt genau zu dem Märchenhaus.«

»Ob es bald bewohnt werden wird?« überlegt Biggi.

»Ich glaube, es ist schon bewohnt«, meint Micky. »Da sind doch Gardinen an den Fenstern. Weißt du, wem das Märchenhaus gehört, Mutti?«

»Da ist ein Ehepaar – sie heißen Henderson«, erzählt die Mutter. »Der Mann ist Architekt, und die Frau ist Innenarchitektin. Sie kaufen alte Fachwerkhäuser auf und renovieren sie von Grund auf. Und dann verkaufen sie die wieder für viel Geld an Liebhaber, die schöne, alte Dinge zu schätzen wissen.«

»Dann haben sie das Märchenhaus wohl auch schon verkauft«, seufzt Micky. »Schade!«

»Du hättest es wohl selber gern gekauft?« scherzt Biggi.

»O ja – bestimmt – wenn ich das nötige Geld hätte!« lächelt Micky.

»Unser Pfarrhaus ist auch schön!« behauptet Dickie. »Es ist auch ein altes Fachwerkhaus, und wir haben da viel Platz.«

»Ja, aber es gehört uns nicht«, gibt Biggi zu bedenken. »Eines Tages – wenn Vati pensioniert wird – müssen wir ausziehen. Dann wird die neue Pfarrersfamilie darin wohnen. Es wäre doch fein, wenn wir dann ein eigenes Haus hätten – ein Märchenhaus!«

»Ach was«, brummt Dickie in seiner ruhigen, gemütlichen Art. »Bis dahin ist es ja noch lang – furchtbar lang. Denn Vati ist ja noch nicht alt und noch längst nicht pensioniert. Bis dahin haben wir genug Geld zusammengespart. Und dann bitten wir die Hindersens . . .«

»Hendersons«, verbessert die Mutter.

»Ja, dann bitten wir sie, für uns ein billiges altes Haus umzubauen. Das soll dann auch ein Märchenhaus werden. Wie dieses hier!«

Mit diesen Zukunftsaussichten geben sich alle zufrieden und treten vergnügt den Heimweg an. Nur Biggi hat noch etwas zu sagen: »Ich wünschte wohl, ich würde die Leute aus dem Märchenhaus kennenlernen!«

Mittwoch nach dem 1. Advent

Eine frohe Nachricht

Die Pfarrerskinder haben sich in der Küche versammelt. Anne-Kathrin teilt ihnen ihre Vesperbrote aus. Auf einmal klingelt es. Wer mag das sein?

Oh, das ist ja die Rosmarie Koestler! Sie ist ein hübsches junges Mädchen mit leuchtend blonden Haaren. Micky hat sie deshalb immer »Goldmarie« genannt. Sie hat im Gasthof »Zu den Sieben Zwergen« als Bedienung gearbeitet. Alle haben sie gern wegen ihres flinken, freundlichen Wesens. Sie wollte früher einmal Krankenschwester werden. Aber dann wurde ihre Mutter krank, und sie hatte sie jahrelang treu gepflegt bis zu ihrem Tode. Sie hat auch einen alten Herrn betreut und ihm täglich sein Essen gebracht.

Befreundet war sie mit einem jungen Bauern namens Dirk Jungkamp. Dirks Eltern waren gegen diese Freundschaft. Sie brauchten unbedingt eine Schwiegertochter mit Geld, damit die notwendigen Maschinen angeschafft werden konnten für den Kampen-Hof. Es war wie in dem Lied von den beiden Königskindern, die nicht zusammenkommen konnten, weil das Wasser viel zu tief war. Aber dann starb vor einem Jahr plötzlich der alte Herr Korhammer, den Rosmarie Koestler betreut hatte. Und zu ihrer großen Überraschung vermachte er ihr eine hübsche Summe in seinem Testament. So war aus der Rosmarie wirklich eine »Goldmarie« geworden! Dirks Eltern hatten nun nichts mehr einzuwenden gegen die Verbindung. Die

Verlobung wurde bald gefeiert. Aber wann wird wohl die Hochzeit sein?

Alle freuen sich über Rosmaries Besuch. – »Dirk und ich, wir wollen noch vor Weihnachten heiraten«, erzählt das junge Mädchen. »Jetzt im Winter, wo die Erntearbeit beendet ist, paßt es am besten. Wir haben gedacht, es soll der Samstag vor dem vierten Advent sein. Die Hochzeit soll im Gasthof ›Zu den Sieben Zwergen‹ gefeiert werden – das ist doch klar. Meine Wirtsleute, die Biesters, würden es mir sehr übelnehmen, wenn ich das nicht täte. Da ist auch Platz genug. Und nun möchte ich euch alle recht herzlich zu unserer Hochzeit einladen.«

Das ist eine frohe Botschaft! – »Dürfen unsere Freunde auch kommen?« möchte Micky wissen. »Ich meine, der Jens und der Nils Jörgensen und der Waldo Eberlein und meine Freundin Irina Groth?«

Die junge Braut lächelt strahlend. »Alle sollen und dürfen kommen zu unserer Hochzeit! Je mehr, desto besser! Es soll ein richtiges Freudenfest werden.«

Den ganzen Abend lang unterhalten sich die Fröhlings über das bevorstehende Hochzeitsfest. »Wir müssen etwas auf die Beine stellen!« sagt Vater Fröhling. »Ist doch klar. Wenn gar kein Programm angeboten wird, dann würde das Fest zu eintönig. Bloß immerzu essen und trinken – das hält ja keiner aus.«

»Du könntest etwas auf dem Klavier vorspielen, Mutti«, schlägt Wickie vor.

»Und wir könnten etwas singen«, findet Micky.

»Manchmal trägt man auch Gedichte vor«, meint Biggi zögernd.

»Na, wir haben ja noch Zeit«, stellt der Vater fest: »Es wird uns schon noch etwas Nettes einfallen zur Verschönerung des Festes.« – Ja, wenn der Vater das sagt, dann zweifelt niemand daran. Der hat immer so tolle Einfälle!

Donnerstag nach dem 1. Advent

Die Kinder aus dem Märchenhaus

Brenda Brigitte Fröhling ist ein typisches »Frischluftkind«. Ein Hund wäre für sie ideal, den könnte sie dann jeden Tag spazierenführen. Aber die Eltern Fröhling finden, mit dem Kater Charlie sei der Bedarf an Haustieren gedeckt. Und dann hat das Pfarrhaus ja auch noch seinen »Poltergeist« – den Marder »Mardi« auf dem Dachboden.

Auch heute ist Biggi wieder im Handumdrehen fertig mit ihren Schulaufgaben. Micky braucht da schon etwas länger. Diesmal zügelt Biggi ihre Ungeduld, denn sie hat etwas Bestimmtes vor, und für diesen bestimmten Plan braucht sie die Unterstützung ihrer älteren Schwester. Endlich klappt Micky ihre Schulbücher zu und räumt sie fort. Mit ihrer Freundin Irina Groth zusammen besucht Micky die Realschule in Haslau. Biggi ist noch auf der Grundschule in Moosbrügge. Wickie und seine Freunde Waldo und Jens sind Schüler des Realgymnasiums in Haslau.

»Kommst du ein bißchen mit nach draußen?« fragt Biggi gespannt. Ihre dunklen Augen glänzen vor Erwartung. »Wir müssen uns beeilen – es wird so schnell dunkel jetzt im Dezember«, fügt sie hinzu. Und dann flüstert sie noch schnell und leise: »Ich möcht' so gern das Märchenhaus belauern – komm doch mit, Micky! Bitte!«

Die sanfte und gutherzige Maria Michaela ist eine, die nur schwer nein sagen kann. Und so begleitet sie die Schwester ins Dorf. Zuerst ist es ziemlich langweilig, so immer um das Märchenhaus herumzuschwänzeln, doch zuletzt wird die Ausdauer der Fröhling-Schwestern belohnt: Die schöne, mit Schnitzereien und Kupferbeschlägen verzierte Haustür tut sich auf, und zwei Kinder treten ins Freie, ein Junge und ein Mädchen. Der Junge könnte etwas älter sein als Biggi, vielleicht so zehn Jahre (Biggi ist jetzt neun). Das Mädchen ist jünger; Biggi schätzt sie auf sieben.

Da tritt Biggi einen Schritt vor und sagt mutig: »Guten Tag. Wohnt ihr jetzt in dem schönen neuen Haus? Das heißt, es ist eigentlich ein altes Haus. Aber man erkennt es nicht wieder, so schön ist es geworden. Wir nennen es das Märchenhaus.«

Das Mädchen lacht. Sie hat ein rundliches Gesicht und ein Grübchen in der Wange, runde braune Augen und braunes Kraushaar. »Märchenhaus!« wiederholt sie. »Das gefällt mir. Was, Dani?«

Der Bruder nickt beifällig. Er ist auch braunhaarig und braunäugig, aber sein Gesicht ist nicht so rund; und sein Haar ist glatt. – »Ja«, sagt der Junge in düsterem Ton, »wir wohnen jetzt in diesem Haus. Doch man kann nie wissen, wie lange.«

»Nein«, pflichtet ihm Biggi bei, »weil man nämlich plötzlich sterben kann.«

Jetzt machen die Geschwister aus dem Märchenhaus ein ganz verblüfftes Gesicht. Sie haben scheinbar etwas völlig anderes gemeint! – Maria Michaela kommt ihrer Schwester zu Hilfe. »Meine Schwester Biggi denkt an einen Spruch. Den kann man hier an einem alten Fachwerkhaus lesen, und der heißt so:

Dies Haus ist mein und doch nicht mein;
beim nächsten wird es auch so sein;

den dritten trägt man auch hinaus.
Nun sage, wem gehört dies Haus?

Nun lächeln die Kinder aus dem Märchenhaus und murmeln: »Ach sooo!« Der Junge fährt dann fort: »Wißt ihr, wir sind schon sehr oft umgezogen. Unser Vater kauft alte Häuser. Die frischt er auf und baut sie um, und dann wohnen wir eine Weile darin. Bald findet sich jemand, dem das Haus gefällt, und dann verkaufen es unsere Eltern, nachdem sie ein anderes Haus für uns hergerichtet haben. Auch das wird wieder verkauft – so geht es immer weiter, und wir ziehen von einem Ort zum andern.«

»Aber jetzt nicht mehr – nicht, Dani?« fällt seine Schwester ein. »Wir sind es leid, immer herumzuziehen – von einem Ort zum andern, von einer Schule in die andere. Hier wollen wir bleiben! Hier in unserm Märchenhaus! Die Eltern haben es uns doch versprochen.«

»Das haben sie wohl«, gibt der Bruder zu. »Doch man kann nie wissen. Wenn einer kommt und ihnen viel Geld bietet . . .« – Es sieht so aus, als würde das Mädchen gleich in Tränen ausbrechen. –

»Nein, nein, diesmal wird das Haus nicht verkauft – ihr bleibt bestimmt hier«, sagt Maria Michaela tröstend.

»Und wenn es euch ein Käufer wegschnappen will, dann wird er einfach vergrault«, fügt Brenda Brigitte temperamentvoll hinzu.

»Kann man das?« fragt das Mädchen zaghaft. – »Na klar. Wir helfen euch«, verspricht Biggi.

»Wer seid ihr denn, und wie heißt ihr, und wo wohnt ihr?« erkundigt sich jetzt der Junge.

»Wir sind die Töchter von Pfarrer Fröhling, und wir

wohnen im Pfarrhaus, und wir heißen Maria Michaela und Brenda Brigitte«, stellt Micky sich und ihre Schwester vor.

Da nennen auch die Kinder aus dem Märchenhaus ihre Namen: Daniel Theodor Henderson und Maria Sybilla Henderson. – »Maria Sybilla Merian war eine berühmte Malerin«, erläutert das Mädchen ihren Namen. »Nach der haben mich meine Eltern genannt. Aber ihr könnt mich ruhig ›Billie‹ nennen. Sonst ist das doch so umständlich.«

»Billie hat noch einen Namen«, verrät ihr Bruder. »Unser Onkel Ted in Amerika, nachdem ich Theodor heiße, nennt sie immer ›April‹, aber auf englisch ausgesprochen: Eypril. Er sagt, Billie sei wie ein Apriltag – mal Sonne, mal Regen! Und meinen Namen Daniel hab' ich gekriegt von einem berühmten Architekten, der lebte im 18. Jahrhundert und hieß Daniel Pöppelmann. Der hat den Zwinger in Dresden erbaut – ein ganz berühmtes Schlößchen im Barockstil. – Wenn ihr mich Dani nennt, bin ich's zufrieden.«

»Und uns könnt ihr Micky und Biggi nennen«, fügt Biggi schnell hinzu.

»Es ist schon fast dunkel«, stellt Daniel Henderson fest. »Wir begleiten euch jetzt noch ein Stück auf dem Heimweg. Dann könnt ihr uns gleich zeigen, wo das Pfarrhaus liegt.«

Beim Abschied sagt er dann: »Kommt uns doch mal besuchen! Wie wäre es am nächsten Dienstag?« Die Fröhling-Mädchen sind einverstanden und wollen nur noch wissen, ob sie ihre Brüder mitbringen dürfen.

»Was, ihr habt auch noch Brüder?« freut sich Daniel. »Selbstverständlich müßt ihr die mitbringen.« –

An diesem Abend haben die Mädchen eine Menge zu erzählen im »Fröhlichen Pfarrhaus«.

Freitag nach dem 1. Advent

Ethelbert sucht Zuflucht

Familie Fröhling begeht gerade ihr »Adventsfeierstündchen«. Das tun sie jeden Abend nach dem Abendbrot. Da wird ein Adventslied gesungen beim Schein der ersten Kerze am Adventskranz (bald darf die zweite angezündet werden!), und es wird eine Weihnachtsgeschichte vorgelesen. Als es klingelt, gucken sich alle erstaunt an. Nun, in einem Pfarrhaus muß man mit allem rechnen. Dort begehren oft seltsame Gestalten Einlaß.

»Gehst du mal an die Tür, Dickie?« sagt der Vater. »Du hast die jüngsten Beine! Aber wenn es ein Fremder ist, dann rufst du mich, ja?«

Rainer Richard macht das gern. Und es ist kein Fremder, der vor der Tür steht, sondern der Ethelbert Littmeyer. »Guten Abend«, sagt Dickie höflich. »Willst du zu Wickie?«

»J-ja, n-nein«, druckst Ethelbert herum. »Eigentlich will ich zu euch allen. Darf ich rein?«

Dickie macht eine einladende Handbewegung. »Bitte sehr!« und führt den Gast ins Wohnzimmer, wo die Familie versammelt ist. »Hier ist Ethelbert Littmeyer!« verkündet er feierlich. »Der möchte die ganze Familie sprechen.«

Ethelbert räuspert sich verlegen. Man fühlt sich irgendwie komisch, wenn einen sieben Augenpaare auf einmal anstarren. »Ich w-wollte . . .« stottert er, »m-mal a-anfragen, o-ob ihr m-mich über das W-Wochenende b-beherbergen könnt?«

»Beherbergen?« wiederholt Biggy verblüfft. »Aber wir haben hier doch keine Jugendherberge!«

»Nein«, gibt Ethelbert kleinlaut zu. »Doch Platz – Platz habt ihr – das weiß ich. Ihr habt sogar zwei Gastzimmer. Das hat Wigbert mal erwähnt. Und die sind nicht belegt.«

Pfarrer Fröhling mustert den Jungen verwundert. Was mag ihn zu diesem seltsamen Ansinnen getrieben haben? – »Das mußt du uns schon näher erklären«, meint er freundlich.

»Was sagt denn deine Mutter dazu?« Diese Frage bewegt die Pfarrfrau in erster Linie. Frau Littmeyer ist ja Witwe und hat nur dieses eine Kind.

»Sie weiß noch nichts davon«, gesteht Ethelbert. »Aber wenn ihr mich einladen würdet übers Wochenende, hätte sie bestimmt nichts dagegen.«

Die Pfarrfamilie schweigt. Sie warten alle auf Ethelberts Erklärung. Er schluckt. Dann platzt er heraus: »Es ist wegen Onkel Eduard. Er kommt übers Wochenende. Ich kann ihn nicht ausstehen. Er meckert immer an mir herum. Er ist nämlich Lehrer, müßt ihr wissen. Deshalb will er mich schulmeistern und erziehen.«

»Magst du die Lehrer nicht?« fragt Biggi leicht verwundert. Sie denkt an ihre Grundschullehrerin Frau Klingelberg, die sie sehr gut leiden mag.

»Ach nein, natürlich nicht«, erwidert Ethelbert rasch. »Ich weiß sehr wohl, daß es ›so ne‹ und ›solche‹ gibt. Schließlich war meine Tante – Onkel Eduards Frau – ja auch Lehrerin. Und ich hatte Tante Gundi sehr, sehr gern. Sie war immer so munter und lustig. Ihre Fächer waren Sport, Geographie und Musik. Sie hat an derselben Schule unterrichtet wie Onkel Eduard, und da haben sie sich kennengelernt. Er unterrichtet Mathematik, Physik und Chemie. Tante Gundi war meine richtige Tante – versteht ihr? Sie war die Schwester meines Vaters. Onkel Eduard ist bloß angeheiratet. Sie verstanden sich sehr gut, mein Vater und Tante Gundi. Schon immer. Sie waren – wie man so sagt – unzertrennlich. Beide waren sehr sportlich – nicht nur Tante Gundi als Sportlehrerin, sondern auch mein Vater. Er arbeitete auf einer Bank, und er freute sich immer so sehr, wenn er am Wochenende ins Freie konnte – wandern, radfahren, skilaufen, schwimmen – das waren seine Hobbys.«

Biggi hat gespannt zugehört. »Und wo ist sie jetzt, deine Tante Gundi? Warum kommt sie nicht mit nach Moosbrügge? Hat sie sich von deinem Onkel getrennt?«

Ethelbert stößt einen tiefen Seufzer aus. »Nein. Natürlich nicht. Onkel Eduard hatte sie sehr gern. Wir hatten sie alle so gern! Aber sie kommt nicht mehr. Sie ist tot. Wie mein Vater. Sie fuhren beide in die Berge, in ihre geliebten Berge, zum Wintersport – mein Vater und seine Schwester, Tante Gundi. Es war ein Lawinenunglück. Sie kamen nie mehr zurück. Sie sind alle beide tot.« –

Es ist ganz still im Wohnzimmer der Fröhlings. Mickys Augen schimmern feucht. Sie hat ein weiches, mitleidiges Herz. Wie wäre es, wenn ihr Vater, den sie sehr liebt, nicht mehr da wäre? Das wäre ein ganz, ganz großer Schmerz. Ein solches Unglück könnte man nie vergessen. Plötzlich empfinden es unbewußt alle, daß man Ethelbert helfen muß.

»Ich werde das Gastzimmer richten«, sagt Frau Fröhling. Micky steht auf. »Und ich helfe dir dabei!« – Anne-Kathrin soll nicht noch mehr aufgebürdet kriegen. Das wäre nicht fair. Sie macht sowieso schon ein saures Gesicht. Wahrscheinlich findet sie nicht, daß Ethelbert Littmeyer ein Notfall ist.

»Wir erwarten dich morgen«, sagt Pfarrer Fröhling abschließend; »aber nur, wenn deine Mutter wirklich einverstanden ist.«

Werner Wigbert begleitet seinen Klassenkameraden Ethelbert hinaus. Er gibt sich gefaßt, auch wenn er nicht begeistert ist über die Entwicklung der Dinge. »Und Kinder – hat sie keine Kinder gehabt, deine Tante Gundi?« erkundigt er sich noch.

»Doch«, erwidert Ethelbert kurz. »Zwei kleine Mädchen.« –

»Dann hast du also zwei Kusinen«, stellt Wickie fest. »Bringt dein Onkel Eduard sie mit?« – »Tut er«, brummt Ethelbert. »Darum wird es dann ja so eng bei uns. Und sie sind noch klein und hängen ewig an den Rockschößen meiner Mutter – es ist nicht auszuhalten.«

»Vielleicht ist er eifersüchtig«, denkt Wickie. »Er hat nie Geschwister gehabt und ist es nicht gewöhnt zu teilen. Die Liebe seiner Mutter hat er immer ganz für sich allein gehabt – besonders nach dem Tode seines Vaters. Und nun will er das Wochenende bei uns verbringen. Da muß ich mich gewaltig zusammennehmen, damit mir der Geduldsfaden nicht reißt und die Galle nicht überläuft. Ach nein, das schaffe ich nicht. Ich brauche Hilfe. Am ersten Advent haben wir es beim Frühstück gesungen: ›Er ist gerecht, ein Helfer wert . . .‹ Damit ist der große Adventskönig Jesus Christus gemeint. Er ist der einzige, der einem bei so was helfen kann.

Und Mutti und Vati – die sollen mich auch unterstützen im Gebet. Alleine schaff' ich das nie. Da flipp' ich aus . . . Ich weiß doch ganz gut, wie ich bin . . . Aber in dem Lied, das wir am 1. Advent gesungen haben, nämlich ›Macht hoch die Tür, die Tor macht weit‹, da ist im letzten Vers die Rede vom Heiligen Geist, der uns auf den rechten Weg führt. ›Der Heilige Geist kann neue Menschen aus uns machen‹, hat Vati mal gesagt. ›Ich taufe euch bloß mit Wasser‹, hat Johannes der Täufer gepredigt. ›Doch nach mir kommt einer, der ist viel stärker als ich. Der wird euch mit dem Heiligen Geist und mit Feuer taufen.‹ – Darauf muß man warten und hoffen.«

Samstag nach dem 1. Advent

Von Kindern und Tieren

Mit dem Wochenendbesuch von Ethelbert Littmeyer hatte sich Familie Fröhling so einigermaßen abgefunden. – »Hoffentlich kommen nicht auch noch diese fremden Seidenthal-Mädchen angerückt«, wünschte Biggi inständig. Doch ihr frommer Wunsch wurde nicht erfüllt.

Und sie kamen nicht nur zu zweit anmarschiert, sondern zu dritt! Das brachte sogar den Werner Wigbert, der sie doch eingeladen hatte, aus der Fassung. Mit dem kleinen Arno, der nicht älter als vier Jahre sein konnte und also noch jünger war als Dickie, hatte niemand gerechnet. Werner Wigbert fühlte, wie ihm das Blut zu Kopfe stieg und wie es ihm ganz schwindlig wurde. »Ja, w-wieso – w-wieso habt ihr denn den Arno mitgebracht?« stammelt er. »Warum ist er nicht bei Onkel Max in dem roten Ferrari?«

»Das könnt ihr ihn am besten selber fragen«, versetzt Alice, und man merkt es ihr an, wie ungehalten sie ist über ihren kleinen Bruder. »Er ist schrecklich neugierig, und er wollte einfach mit – da war nichts zu machen. Er fing an zu brüllen, und wenn Arno erst mal brüllt, kann das niemand ertragen. Dann kriegt er immer, was er will.«

Biggi nickt verständnisvoll. Als ihr Bruder Rainer Richard noch kleiner war, da hatte er auch so seine »Schrei-Touren«. Rainer Richard ist es, der sich als erster anfreundet mit dem unerwarteten Gast. Ihm gefällt es, daß er einen jüngeren Kameraden gefunden hat. Endlich mal für jemanden der Ältere zu sein – das verleiht ihm ein ganz neues Lebensgefühl!

Frau Fröhling versucht nun, so eine Art Kindergesellschaft zu organisieren. Da sie weiß, daß die Gäste gern Orangensaft trinken, bittet sie Wickie, welchen aus dem Keller heraufzuholen. Sie und Micky decken den Tisch und bieten Plätzchen und Weihnachtsstollen an. Davon ist zum Glück genug da. Während des Schmausens wird eine »Flüsterrunde« veranstaltet. Das macht allen Spaß! Auch noch andere lustige Spiele, bei denen alle mitmachen können, schlägt Frau Fröhling vor, z. B. »Kommando Pimperle«, was besonders die kleinen Jungen begeistert, denn dann darf man mit den Händen und Fingern auf den Tisch klopfen und klatschen!

Bei »Memory« schneiden die Kleinen meistens auch gut ab. Hierbei kommt es, wie schon der Name besagt, auf Gedächtnisstärke an. Verdeckte Kärtchen werden aufgedeckt. Von jedem Motiv sind zwei Kärtchen vorhanden, und diese »Pärchen« müssen nun herausgefunden werden.

Doch allmählich löst sich die Kindergesellschaft auf. Die Klassenkameraden Wickie und Ethelbert verziehen sich ins Jungenzimmer, um schulische Probleme zu erörtern. Der neugierige Arno möchte unbedingt Dickies Autosammlung begutachten. Micky und Alice haben Gefallen aneinander gefunden. Es hat sich herausgestellt, daß Alice nur ein halbes Jahr älter ist als Maria Michaela. Sie wirkt älter und reifer, weil sie sich schon immer viel um ihre jüngeren Geschwister kümmern mußte. Die beiden Mädchen haben sich viel zu erzählen.

»Darf ich Maria zu dir sagen?« fragt Alice. »Ich

mag den Namen, er ist schön und irgendwie tröstlich . . . Und er paßt zu dir.«

»Selbstverständlich«, lächelt Maria Michaela. »Ich heiße ja so.«

»Eines Tages«, flüstert Alice Seidenthal, »eines Tages, wenn wir uns noch ein bißchen besser kennengelernt haben, werde ich dir alles erzählen, alles, Maria, was mich bedrückt und was ich sonst keinem sagen kann. Und das wird eine große Erleichterung für mich sein.« Und Alice schaut ihre neue Freundin mit so tieftraurigen Augen an, daß Micky das Herz weh tut. – Arno ist nicht besonders beeindruckt von Dickies Autosammlung. Er fängt an, aufzuzählen, was er alles für Spielzeugautos besitzt. Das wiederum berührt den Rainer-Richard nur wenig. Für ihn gibt es interessantere Dinge als Spielautos! – In seinen munteren grauen Augen blitzt es auf, und er murmelt: »Ich kenne was, was du nicht kennst, Arno, und das ist ein Haustier.«

»Pah«, macht Arno. »Das glaube ich nicht! Ich kenne alle Haustiere.«

»Nein, das Tier, an das ich denke, kennst du nicht.«

»Wetten, daß ich's kenne?« trumpft Arno Seidenthal auf. Dickie schüttelt energisch den Kopf mit dem dunkelblonden Kraushaar. »Nein, tu ich nicht. Wir wetten nicht. Unser Vati kann das nicht leiden.«

Darüber wundert sich Arno. »Warum denn nicht? Onkel Max wettet auch immer.«

Dickie zuckt die Achseln. »Na ja, der mag ja, wenn er Lust dazu hat. Wir tun es nicht. Es steht nämlich in der Bibel, daß man immer nur ja, ja oder nein, nein sagen soll und nichts weiter – weder schwören noch wetten.« Über die Bibel weiß Arno nichts, und also ist er still.

»Jetzt müssen wir Wickie fragen«, flüstert Dickie

geheimnisvoll. »Es wird gleich dunkel, und man muß ein Stück laufen – alleine darf ich nicht zu dem Haustier gehen.«

Ja, nun steht die schwierige Aufgabe bevor, den großen Bruder zu überreden, einen Besuch zu machen bei seinem Freund Waldo Eberlein. »Hörst du, Wickie, wir müssen Arno und Ethelbert unbedingt Eberleins Haustier zeigen, das zahme Wildschwein Wally«, raunt er dem Werner Wigbert eindringlich ins Ohr.

Wickie scheint gar nicht abgeneigt. Er wollte Ethelbert ja schon längst näher bekanntmachen mit seinem Freund Waldo. Und so ziehen die vier Jungen ab, und Arno Seidenthal erlebt eine ganz große Überraschung. Ein richtiges, lebendiges Wildschwein als Haustier – so was hätte er sich nie träumen lassen! Er hat großen Respekt vor Wally, und auch Ethelbert ist sichtlich beeindruckt.

Brenda Brigitte kämpft gegen ihren Mißmut an. Sie möchte ja nicht unhöflich sein zu Agnes, die nur wenig jünger ist als sie selbst. Aber sie weiß einfach nichts mit ihr anzufangen. Als kleinen Trost hat sie den Kater Charlie auf den Schoß genommen und streichelt ihn zärtlich. Da bemerkt sie, daß Agnes den Kater unentwegt anstarrt mit ihren ängstlichen, vergißmeinnichtblauen Augen. »Willst du ihn auch mal halten?« fragt sie.

Agnes nickt heftig. Charlie will erst nicht, doch als er merkt, daß Agnes sehr sanfte kleine Hände hat, ist er's zufrieden und schnurrt behaglich. Ganz allmählich erwacht Biggis Interesse. Ihre nächste Frage lautet: »Magst du Tiere?«

»O ja, sehr«, lautet Agnes' leise Antwort, und auf einmal haben die beiden Mädchen ein gemeinsames Interessengebiet entdeckt. Biggi hat bemerkt, daß sie die Unterhaltung in Gang halten muß, denn Agnes ist noch zu scheu. So fragt sie also weiter: »Und was für Haustiere habt ihr in Würzburg?«

»Leider gar keines«, gesteht Agnes betrübt.

Das kann Biggi nicht begreifen. »Ja, warum denn nicht? Hast du dir niemals eines gewünscht? Ihr seid doch nicht arm, denn ihr bewohnt einen tollen Ferienbungalow, und dein Vater fährt einen Mercedes – hat Wickie gesagt; ganz zu schweigen von Onkel Max. Aber der ist ja kein richtiger Onkel.«

»Nein, wir sind nicht arm«, lispelt Agnes. »Es ist alles nur wegen Frau Scheibelhut.«

Biggi runzelt die Augenbrauen. »Wie bitte? Was für ein Hut? Was hat denn dieser Hut mit den Haustieren zu tun?«

Agnes gewinnt ein wenig Mut und geht mehr aus sich heraus. »Frau Scheibelhut ist unsere Haushälterin. Sie kocht sehr gut – findet Papa. Darum will er sie behalten. Doch sie kann keine Tiere leiden – überhaupt keine – und Kinder mag sie auch nicht.«

»Na, da muß sie ein schöner Drachen sein«, ereifert sich Biggi. »Dabei weiß doch jeder, daß Haustiere sehr gesund sind. Ihr müßtet es eurer Frau Scheibchenhut mal unter die Nase reiben. Sie braucht bloß Tante Rita zu fragen. Die muß es wissen, denn sie ist ja Tierärztin. Man kann es beweisen. Bei schwierigen Kindern – man nennt es verhaltensgestört – wird es besser, wenn sie ein Haustier bekommen. Und bei alten Menschen ist es ebenso. Wenn sie ihre Haustiere mitbringen dürfen ins Heim, sind sie ruhiger und rücksichtsvoller und haben mehr Lebensfreude als die andern Heimbewohner, sagt Tante Rita. Aber das geht meistens nur bei privaten Heimen. In staatlichen Heimen ist es für gewöhnlich nicht möglich. Wahrscheinlich, weil sie zu groß sind. – Magst du denn auch Pferde und Ponys und Esel, Agnes?«

»Ich mag alle Tiere«, versichert Agnes.

»Gut, dann könnte ich morgen mit dir auf den Angerhof gehen«, überlegt Biggi. »Sie haben dort alle Arten von Huftieren – Pferde, Ponys und Esel. Sie züchten sie sogar. Der Hof gehört Asta Angeroth. Aber als ihr Vater starb, konnte sie die Arbeit nicht mehr alleine schaffen, denn es macht viel Arbeit, die Tiere alle zu pflegen. Deshalb ist Gregor Groth zu ihr gekommen, um ihr zu helfen. Gregor ist der Bruder von Irina Groth, und Irina ist die Freundin meiner Schwester Micky. Sie sind Rußlanddeutsche. Ich kenne Gregor ganz gut. Er wird uns alles zeigen. Wir wollen auch Äpfel und Möhren mitnehmen für die Tiere. Das fressen sie gern. Sie mögen natürlich auch Zucker – aber das ist nicht gesund für sie. Für uns auch nicht – nicht wahr? Nun, wie ist es, Agnes? Bist du einverstanden? Hast du Lust? Dann hole ich dich morgen nachmittag ab. Ihr wohnt doch neben Littmeyers, das finde ich schon. Alles klar?« Agnes Seidenthal nickt. Und sie lächelt dabei. »Wenn sie lächelt, ist sie richtig hübsch«, denkt Biggi. »Aber sie lächelt wohl nur sehr selten.«

Arno Seidenthal erzählt den ganzen Abend von dem Wildschwein Wally. Agnes erzählt nicht viel. Das ist nicht ihre Art. Sie sagt nur, daß sie morgen mit Biggi Fröhling spazierengehen wird. Und dann lächelt sie noch einmal – ganz still für sich.

Der 2. Advent

Agnes auf dem Angerhof

Biggi hält Wort. Sie holt Agnes Seidenthal am Sonntagnachmittag ab. Und sie hat nicht zuviel versprochen. Auf dem Angerhof gibt es Pferde, Ponys und Esel. Die freuen sich über die Äpfel und die Möhren, welche die Mädchen ihnen mitgebracht haben. Gregor Groth führt die Mädchen herum und zeigt ihnen alles. Biggi steckt – wie gewöhnlich – voller Fragen, die Gregor geduldig beantwortet. Agnes sagt nicht viel. Sie ist nun mal ein schweigsames Mädchen. Dafür schaut sie sich alles ganz gründlich an. Gregor läßt die Mädchen auch ein Stückchen reiten auf einem braven kleinen Esel.

»Kommen viele zu euch zum Reiten hier auf den Angerhof?« möchte Biggi wissen. – »Doch, ja – sogar von Haslau her«, erwidert Gregor. »Wißt ihr, das sind ganz verschiedene Reiter, die wir da haben. Da sind die jungen, pferdebegeisterten Mädchen. Sie haben noch keinen sportlichen Ehrgeiz. Ihnen geht es in erster Linie um die Pferde. Sie lieben diese Tiere wegen ihrer positiven Eigenschaften – Stärke, Wärme, Geduld, Zuverlässigkeit. Manchen von ihnen macht sogar die Pflege der Pferde Spaß. Sie sind meistens so acht bis fünfzehn Jahre alt. Oft sehen es auch die Eltern gern, wenn ihre Töchter durch das Reiten eine sinnvolle Freizeitbeschäftigung gefunden haben. Sie entwickeln so eine soziale Bindung zum Tier. Bei Jungen ist das anders. Unter ihnen gibt es nicht so viele

Reiter. Und wenn sie reiten, dann interessiert sie mehr die sportliche Seite.

Ja, und dann haben wir die Damen in mittleren Jahren, die Reiten einfach schick finden. Für die hab' ich nicht soviel übrig. Meine Pferde sind mir zu schade, um damit nur anzugeben. Für mich sind sie Geschöpfe und oft mehr als das, nämlich Freunde.

Wir haben auch noch eine dritte Gruppe von Reitern. Das sind Kinder oder Erwachsene, die irgendwie behindert sind und denen das Reiten als Therapie dient. Man nennt das das ›Therapeutische Reiten‹. – Schon seit 450 nach Christus hat man erkannt, wie wichtig die Bewegung auf dem Pferd für die Gesundheit des Menschen ist. Wir unterscheiden beim therapeutischen Reiten drei große Bereiche. Der eine ist das Behindertenreiten. Ich habe angefangen, mich intensiv damit zu beschäftigen. Hierbei werden durch den Einsatz des Pferdes Kräfte geweckt, die dem Menschen helfen, mit seinen Behinderungen fertig zu werden.

Der zweite Bereich ist das heilpädagogische Reiten. Hier versucht man, verhaltensgestörte, sprachbehinderte oder geistig schwache Kinder und Jugendliche durch das Reiten zu fördern.

Der dritte Bereich ist die Hippotherapie. Das ist eine ärztlich verordnete und von Krankengymnasten durchgeführte Behandlung. Dabei dient das Pferd als ›Übungsgerät‹. Man behandelt damit spastisch Gelähmte oder Multiple-Sklerose-Kranke. Die Multiple Sklerose ist eine Nervenlähmung, die nach und nach den ganzen Körper befällt. Diese Therapie können wir auf dem Angerhof nicht durchführen – wenigstens vorläufig noch nicht. Dazu braucht man nämlich eine geschlossene Halle und eine Krankengymnastin und noch andere Helferinnen. Auch an das Pferd werden da hohe Anforderungen gestellt. Man setzt es nur zweimal in der Woche für je eine Stunde ein. – Und nun habe ich euch genug gelangweilt mit meinem Vortrag über die verschiedenen Arten und Formen des Reitens.«

»O nein, es war nicht langweilig – auch wenn ich noch nicht alles ganz verstanden habe«, beteuert Brenda Brigitte, und Agnes stimmt ihr zu. Auch sie hat sehr aufmerksam gelauscht.

Nachdem die Tiere in den Ställen und auf der Weide besichtigt worden sind (bei diesen Temperaturen können Ponys und Esel sich noch gut im Freien aufhalten), führt Gregor Groth die kleinen Besucherinnen ins Haus. Asta Angeroth, die junge Besitzerin des Angerhofes, bietet ihnen einen Becher frische Milch an und Äpfel und Winterbirnen aus der eigenen Ernte. Und hier drinnen gibt es auch noch etwas zu sehen. Da ist Bonnie, die graue Katze, mit ihren drei allerliebsten

Kätzchen. Die Mädchen möchten am liebsten die ganze Zeit mit den drei Kätzchen spielen. Sie sind grau mit dunklen Streifen und haben so niedliche Ohren, wie kleine Tüten, und ein rosiges Näschen und eine kleine rosige Zunge und weiße Schnurrhaare und sammetweiche Pfötchen.

»Ihr habt ja schon einen Kater, nicht wahr, Biggi«, sagt Asta Angeroth. »Aber vielleicht hätte deine Freundin gerne eines der Kätzchen. Sie sind jetzt schon groß genug, daß man sie von ihrer Mutter trennen kann.«

Agnes verschlägt es die Sprache. Sie bringt keinen Ton heraus. Doch Brenda Brigitte kennt sich inzwischen schon ein wenig aus bei ihrer neuen Freundin. »Sie möchte schon – sie möchte ganz bestimmt, denn sie hat sich schon immer ein Haustier gewünscht«, erklärt sie. »Sie denkt eben bloß noch an die Frau Scheibchen-am-Hut – oder wie die heißt. Das ist die Haushälterin bei Agnes daheim, und die mag keine Tiere. Aber solch ein kleines Kätzchen – das muß doch jeder gernhaben! Es wird für euch alle eine große Hilfe sein. Ihr müßt es den Eltern nur richtig erklären; denn ein solches Kätzchen schützt seine Besitzer vor Depressionen, Übergewicht, Herzinfarkt und Herz-Kreislauf-Erkrankungen. Das hat Tante Rita Calmus gesagt, und die muß es wissen, weil sie doch Tierärztin ist.«

»Ich würde das Futter von meinem Taschengeld kaufen«, sagt Agnes mit leiser, zitternder Stimme. Sie möchte so furchtbar gerne eines der süßen Kätzchen haben – sie wünscht es sich so sehr, daß es richtig weh tut.

Asta Angeroth merkt das wohl und fordert sie auf: »Dann such dir gleich eins aus! Es sind alles Kätzchen

– kein Katerchen dabei. Biggi ist ja eine kleine Katzenexpertin, die wird dir schon Anweisungen erteilen, wie du sie füttern und pflegen mußt. Stubenrein sind sie schon. – Katzen sind ja überhaupt sehr reinliche Tiere. Ich werde ein Katzenkörbchen holen, damit ihr sie transportieren könnt.«

»Und ich fahre euch dann schnell mit dem Auto nach Hause«, fügt Gregor hinzu. Doch bevor sie losfahren, erzählt ihnen Gregor noch von einer 57 Jahre alten Engländerin namens Elisabeth Svendsen aus Sidmouth. Sie widmet ihre ganze Freizeit dem Wohl der Esel, schon seit 14 Jahren. In dieser Zeit hat sie schon 3200 Eseln gute Pflegestellen verschafft. Daß Esel sture Tiere sein sollen, davon will sie nichts wissen. Für sie sind die Esel intelligente und treue Freunde. Stur wären sie nur bei sturen Besitzern, behauptet sie. Die »Esel-Lady« aus England hat durch Spenden drei Esel-Asyle gegründet, außerdem fünf Farmen mit 660 Hektar Land, ein Esel-Hospital, ein Forschungszentrum und eine Anlage, wo behinderte Kinder auf Eseln reiten können.

Unterwegs im Auto sagt Agnes zu Biggi: »Mein Kätzchen soll Bessy heißen, nach der Esel-Lady.« Dagegen ist nichts einzuwenden. Bessy ist ein hübscher Name. Die Seidenthals sind nicht wenig überrascht über den plötzlichen Familienzuwachs. Doch die putzige, graue Schönheit erobert schnell alle Herzen. Arno, Alice und Frau Seidenthal – niemand kann Bessys anmutigem Charme widerstehen. Bleibt nur noch die gewichtige Frage: Was wird die Frau Scheibelhut dazu sagen?

Vater Fröhlings Idee

Familie Fröhling hat sich zum Adventsfeierstündchen zusammengefunden, und da verkündet der Vater, daß ihm eine Idee geschenkt worden ist für das Hochzeitsfest von Rosmarie Koestler. »Ich habe in einem Buch des verstorbenen Pfarrers und Schriftstellers Otto Funcke gelesen«, berichtet er. »Da erzählt er, es gäbe bei einem Volksstamm in Südafrika folgende Sitte für Eheleute: Wenn sie sich gestritten haben, was ja in den besten Ehen vorkommen soll, zieht sich jeder der Ehepartner in eine andere Ecke ihrer Hütte zurück. Nach einer Weile fängt dann einer der Ehegatten an zu singen: ›Ich bin dumm, ich bin dumm‹, worauf der andere einfällt: ›Ich bin dumm, ich bin dumm . . .‹, bis sie beide im Duett singen: ›Wir sind alle beide dumm.‹ Pastor Funcke meint, man könnte diesen geistreichen

Text singen nach der Melodie: ›Fahre fort, fahre fort, Zion, fahre fort im Licht!‹ So singen sie eine Zeitlang weiter, bis sie sich schließlich lachend in die Arme sinken, und die Versöhnung perfekt ist.

Das halte ich für eine sehr gute Sitte. Wenn die in unsern Breiten mehr praktiziert würde, gäbe es wahrscheinlich mehr versöhnte Paare und weniger Ehescheidungen. – Ich finde, man könnte diese Szene recht hübsch und lebendig darstellen. Wir brauchen dazu einen Jungen und ein Mädchen, und die sollten nicht mehr ganz klein sein.«

»Wickie soll den Jungen spielen, er kann so gut schauspielern!« ruft Micky. Hat er vor zwei Jahren nicht sehr schön den Hirten Suskewiet verkörpert bei der Weihnachtsaufführung seines Realgymnasiums in Haslau? Und im vorigen Jahr hat er auf dem Basar für den kranken Frank Hartung das Stück von dem Esel Ela auf dem Puppentheater vorgespielt. Dabei ist Fee Biester, die älteste Tochter vom Gasthof »Zu den Sieben Zwergen«, seine Partnerin gewesen, denn zwei Personen braucht man schon für das Puppentheater.

Biggis dunkle Augen funkeln. »Fee! Fee Biester! Sie kann gut mit Wickie zusammenspielen, und sie ist ja auch in seinem Alter.«

Dieser Vorschlag findet allgemeine Zustimmung. »Du mußt dich mit Fee Biester in Verbindung setzen«, wendet sich der Vater an seinen Ältesten. Wickie nickt. Ja, das wird er tun. Er ist ziemlich sicher, daß Fee mitmachen wird.

Dann rückt er auch noch mit einem eignen Vorschlag heraus: »Könnte Fees Opa nicht ein paar lustige Geschichten erzählen?«

»Das kannst du ja mit Fee besprechen«, sagt die Mutter.

»Und ein Lied – wir müssen unbedingt ein Lied singen«, findet Micky. Aber es wird noch nicht entschieden, was das für ein Lied sein soll.

Biggi denkt jetzt viel über Hochzeiten im allgemeinen und im besonderen nach, und sie steckt noch voller Fragen. Warum wird am Polterabend Geschirr zerschlagen? Warum bewirft man das junge Paar mit Körnern, z. B. mit Reis? Warum soll der Bräutigam die Braut über die Schwelle tragen? –

»Viele dieser Hochzeitsbräuche sind heidnischen Ursprungs«, erläutert der Vater. »Weißt du, früher hat man noch an die Macht der bösen Geister geglaubt. Mit viel Lärm und Getöse – das ›Poltern‹ – sollten die bösen Geister vertrieben werden. – Die Körner, die man dem jungen Paar nachwirft, sollen ihnen Segen bringen. – Noch heute fürchten sich die Heiden vor bösen Geistern, vor Dämonen. Das haben unsere Vorfahren auch getan. Diese Geister – so glaubten sie – lauerten überall, auch unter der Schwelle der Tür zur neuen Wohnung des jungen Paares. Deshalb trug der Bräutigam seine Braut über die Schwelle, damit ihr die Geister nichts anhaben konnten.«

Brenda Brigitte zuckt die Achseln. »Aber wir sind doch keine Heiden mehr, und wir glauben auch nicht an böse Geister.«

»Nein, wir brauchen keine Angst mehr zu haben«, bestätigt Frau Fröhling, »denn Jesus hat die Dämonen besiegt. Er ist auch stärker als alle finsteren Mächte, die uns schaden könnten.«

»Man könnte den alten Hochzeitsbräuchen ja einen neuen Sinn geben«, meinte Pfarrer Fröhling. »Es ist doch eigentlich ein hübscher Gedanke, daß der junge Ehemann seine Braut auf Händen trägt – und das sollte er nicht nur am Hochzeitstag tun!«

Überraschungen im Märchenhaus

Mit großen Erwartungen machen sich die Fröhling-Kinder am Dienstagnachmittag auf den Weg. Endlich dürfen sie sich das Märchenhaus von innen anschauen! Und ihre Erwartungen werden nicht enttäuscht. Innen ist es eigentlich noch schöner als außen. Alles paßt so fein zusammen, in der Farbe und im Stil – fast wie im Museum oder auf einer Möbelschau mit Stilmöbeln. Ja, man merkt's, daß Frau Henderson Innenarchitektin ist. Kostbare Teppiche gibt es zu bewundern und prächtige Polstermöbel und Schränke mit edlem Porzellan. Die Bilder an den Wänden hängen genau an den richtigen Stellen und passen farblich zu den Polstermöbeln und den Vorhängen.

Die Pfarrerskinder sind aber doch froh, als Dani Billy sie in ihr Spielzimmer führen. Sie haben nämlich jeder ein kleines Schlafzimmer und dann ein großes, helles gemeinsames Spielzimmer. Hier sieht es nicht so elegant aus wie auf einer Möbelschau, da liegt so mancherlei herum, und das scheint die Henderson-Kinder überhaupt nicht zu stören. Billie sammelt schnell noch ein paar Sachen ein und wirft sie mit Schwung in eine große Spielkiste.

Dickie schaut staunend zu. Er beschließt, sich auch eine solche Spielkiste zuzulegen. Es braucht ja nur ein geräumiger Pappkarton zu sein. Aufräumen zählte noch nie zu seinen Lieblingsbeschäftigungen. Wenn man eine solche große Schachtel hat, wird diese lästige Tätigkeit überflüssig. Man schmeißt einfach alles, was herumliegt, in die Schachtel. Allerdings ist sich Dickie nicht ganz sicher, ob Wickie und die Mutter und Annekatt mit dieser Lösung des Problems wohl einverstanden sein werden . . .

Dani und Billie haben ein Album herbeigeholt, das sie den Fröhling-Kindern zeigen möchten. Darin sind lauter Fotos von wunderschönen Häusern – ähnlich wie das Märchenhaus. – »In all diesen Häusern haben wir schon gewohnt«, erzählt Dani, und die Pfarrerskinder können es fast nicht glauben.

»Aber jetzt ist Schluß damit, jetzt ziehen wir nicht mehr um«, versichert Billie. »Hier in Moosbrügge bleiben wir!«

Frau Henderson bringt den Kindern Kakao in Beuteln (mit Trinkhalmen), außerdem Mohrenköpfe und Berliner Pfannkuchen. »Wißt ihr, im Backen bin ich nicht gerade ein As«, lacht sie. »Da kaufe ich lieber fertiges Gebäck, dann kann nichts schiefgehen!«

»Dafür können Sie wunderbare Wohnungen einrichten«, sagt Maria Michaela höflich.

»Übrigens, wir müssen noch mal kurz wegfahren«, wendet sich Frau Henderson an ihre Kinder. »Ihr seid ja nicht allein und werdet euch bestimmt gut unterhalten mit euren Gästen. Laßt aber keine Fremden ins Haus! Und wenn das Telefon klingelt, dann nimmst du das Gespräch entgegen, Daniel!«

Billie hat gehörig in ihrer Spielkiste herumgewühlt und mindestens die Hälfte des Inhalts herausgeworfen, da stößt sie – o Wunder! – tatsächlich auf ein paar Spiele. Das eine ist ein Bilder-Lotto-Spiel, das andere ein Würfelspiel. Letzteres ist ein sehr nützliches Spiel, denn es geht dabei um die Verkehrsregeln, welche die Kinder auf diesem spielerischen Wege erlernen sollen.

Sie sind gerade mitten im Spiel, als das Telefon läutet. Daniel steht auf und geht an den Apparat, der sich in der Diele befindet. Er kehrt ganz aufgeregt zu den andern Kindern zurück, und das will etwas heißen, denn für gewöhnlich ist er viel ruhiger als seine Schwester Maria Sybilla, der kleine »Apriltag«.

»Ihr würdet nie erraten, wer angerufen hat«, sprudelt er hervor. »Stellt euch vor, es war Onkel Ted – mein Patenonkel – Onkel Ted aus Amerika! Nein, war das eine Überraschung! Ich dachte erst, ich höre nicht richtig. Aber er war es wirklich!«

»Und du hast ihn tatsächlich verstehen können?« wundert sich Biggi.

»O ja, ganz deutlich«, versichert Daniel. »Er sagte,

daß eine Frau nach Deutschland kommt, die er gut kennt. Sie heißt Frau Millionär – nein, natürlich nicht –, also, Frau Milliardär – ach, Unsinn, so kann sie ja nicht heißen –, es war was mit ›M‹ und mit ›I‹ und mit ›L‹, na ja, auf jeden Fall heißt sie mit Vatersnamen Horner, Frau Horner – das hab' ich eindeutig verstanden. Ihr Mann ist tot, sie ist also eine Witwe, doch er hat ihr einen Haufen Geld hinterlassen – sie ist also eine reiche Witwe. Und sie hat bloß einen Sohn, der heißt Freddy, wenn ich das richtig verstanden habe, und der studiert Musik in Deutschland – in Würzburg. Und den will sie jetzt besuchen und will wenigstens bis Weihnachten bleiben. Und da sie sonst niemanden in Deutschland kennt, hat sie sich an Onkel Ted gewandt und will zu uns nach Moosbrügge kommen, weil Vati doch der Bruder von Onkel Ted ist. Es geht alles ruck-zuck. Am Donnerstag – das ist übermorgen – will sie schon hier in Moosbrügge sein.«

»Und sie will bei euch wohnen?« erkundigt sich Werner Wigbert.

»Nein, nein, das wäre doch ein bißchen viel verlangt, wo wir sie überhaupt nicht kennen«, antwortet Daniel. »Sie hat ja Geld genug und kann ein Hotelzimmer bezahlen. Nur gibt es kein richtiges Hotel in Moosbrügge.«

»Sie könnte doch bei Biesters wohnen, im Gasthof ›Zu den Sieben Zwergen‹«, schlägt Wickie vor. »Die Zweitoma von Jens und Nils Jörgensen hat auch dort gewohnt, und es hat ihr gut gefallen.«

»Was ist eine Zweitoma?« fragt Billie neugierig. –

»Nun, das ist so etwas wie eine Stiefoma«, erklärt ihr Maria Michaela. »Die ›richtige‹ Oma von Jens und Nils ist gestorben, dann hat der Opa später zum zweiten Mal geheiratet, und das war dann die Zweitoma.«

»Wie gut, daß wir euch kennengelernt haben!« seufzt Daniel erleichtert. »Wir wissen hier noch so wenig Bescheid. Ich werde den Eltern alles erzählen. Jetzt schreibe ich es gleich auf: ›Gasthof zu den Sieben Zwergen‹.«

»Das muß ein lustiger Gasthof sein!« kichert Billie.

»Ist es auch«, bestätigt Biggi. »Und da gibt es lauter märchenhafte Gerichte, z. B. ›Pastete à la Zwerg Nase‹ oder ›Schneewittchen-Speise‹.«

»Toll!« freut sich Billie. »Da müssen wir unbedingt auch mal essen. Mutti kocht ja sowieso nicht gern. Ach, ich freu' mich, ich freu' mich! Das ist alles so spannend! Eine Tante aus Amerika, die gar keine richtige Tante ist – aber deswegen kann sie ja trotzdem nett sein.«

»Kann sie«, nickt Daniel. »Man weiß es bloß noch nicht.« – Und das kann niemand bestreiten.

Mittwoch nach dem 2. Advent

Sieben kleine Hochzeitszwerge

Als sich Familie Fröhling heute zum Adventsfeierstündchen zusammensetzt, kann der Vater nicht bei ihnen bleiben, denn er muß ins Filialdorf Wildenbach zu einer Kirchenvorstandssitzung. – Diesmal ist es die Mutter, die ihren Sprößlingen einen neuen Vorschlag unterbreitet zur Verschönerung der Hochzeitsfeier von Rosmarie Koestler und ihrem Dirk.

»Die Hochzeit soll doch im Gasthof ›Zu den Sieben Zwergen‹ gefeiert werden«, erinnert sie. »Wäre es da nicht hübsch, wenn wir sieben lebendige kleine Hochzeitszwerge auftreten lassen würden, die ein Verschen aufsagen und kleine Geschenke überreichen?«

»Welche Verse?« fragt Micky.

»Und was für Geschenke?« möchte Dickie wissen.

»Die Verse müssen auf die Geschenke abgestimmt werden«, erklärt Frau Fröhling, »und die Geschenke deuten hin auf die Funktion der Zwerge; denn jeder Zwerg soll sozusagen eine Aufgabe übernehmen in dem jungen Hausstand des Brautpaares. Wir können natürlich nur kleinere Kinder gebrauchen als Zwerge. Wickie und Micky samt ihren Freunden wären schon zu groß dazu. Ihr beide könntet mitmachen, Biggi und Dickie . . .«

»Und mein neuer Freund Arno, der ist noch kleiner!« schreit Dickie.

»Und Nils Jörgensen«, fügt Micky rasch hinzu.

»Agnes Seidenthal ist zwar ziemlich scheu, aber

wenn ich mitspiele, tut sie's vielleicht auch«, überlegt Biggi.

Die Mutter hat mitgezählt: »Biggi, Dickie, Arno, Nils, Agnes – das wären schon fünf. Wenn wir dann noch Hänsel und Gretel hinzunehmen, die jüngeren Geschwister von Fee Biester, haben wir sieben kleine Hochzeitszwerge beisammen. Man könnte einfache Anzüge oder Umhänge basteln aus rotem Kreppapier und für jeden eine rote Zipfelmütze nähen. Ich bin im Nähen zwar nicht sehr geschickt; desto tüchtiger ist auf diesem Gebiet Irina Groths Mutter. Sie wird uns bestimmt gern helfen. – Der erste Zwerg könnte z. B. derjenige sein, der für Sauberkeit sorgt in dem neuen Heim.«

»Den will ich spielen«, verlangt Dickie stürmisch. »Und ich bringe dann einen Besen mit als Hochzeitsgeschenk.«

Die Mutter läßt sich das durch den Kopf gehen. »Einen Besen? Ja, vielleicht. Oder wie wäre es mit einer großen Flasche von einem guten Reinigungsmittel – Meister Proper oder irgend etwas Ähnliches? – Was soll Dickie denn sagen, wenn er die Flasche überreicht?«

»Der soll sagen: Ich sorge stets für Sauberkeit . . .« fängt Wickie an zu reimen.

». . . bis alles funkelt weit und breit«, ergänzt Micky.

Frau Fröhling klatscht in die Hände. »Bravo! Ein Vers wäre fertig. Ich will ihn mir gleich aufschreiben. – Was soll denn der nächste Zwerg für eine Aufgabe übernehmen?«

»Der soll aufräumen und alles in Ordnung halten«, erklärt Anne-Kathrin mit Bestimmtheit, denn sie gehört natürlich mit zur Familienrunde. »Er kann ein Schlüsselbrett schenken. Wenn man keines hat, verlegt man sämtliche Schlüssel, und der ganze Haushalt gerät in Unordnung.«

»Ordnung ist, wie ihr wißt, das halbe Leben . . .«, beginnt Frau Fröhling.

»Dieses Brett will sie euch immer geben«, vollendet Wickie.

»Bei einem Gedichtwettbewerb würden wir damit nicht den ersten Preis gewinnen«, befürchtet die Mutter. »Doch als Hochzeitsreim mag es genügen. Arno kann diesen Vers lernen. – Und wo soll der dritte Zwerg wirken?«

Dickie weiß es: »Natürlich in der Küche!«

Frau Fröhling ist einverstanden. »Gut, da könnte die Gretel Biester aufmarschieren – mit einem Kochlöffel in der Hand! – Die Küche, ja, die ist mein Reich . . .«

»Ich koche euch die Eier weich«, reimt Biggi weiter.

Doch das will Wickie nicht gelten lassen: »Was! Nur die Eier? Das ist zuwenig!«

»Na, wenn nicht die Eier, dann eben die Braten«, brummt Anne-Kathrin, und Frau Fröhling murmelt: »Die Küche, ja, die ist mein Reich. Ich mach' die Braten zart und weich.«

»Dichten ist furchtbar schwer«, seufzt Biggi. »Und nun brauchen wir noch vier Verse. Ich will der Zwerg sein, der sich um den Garten kümmert. Man könnte Blumenzwiebeln schenken, und dann sage ich: Ich mache euren Garten schön . . .«

»Im Frühling werdet ihr es sehn!« dichtet Micky weiter.

»Fein, das ging ja wie geschmiert!« lobt die Mutter. »Wichtig wäre doch auch noch die Behaglichkeit, findet ihr nicht auch?«

»Das wäre was für Agnes«, fällt Biggi schnell ein.

»Und sie kann ein kleines, hübsches Kissen mitbringen.«

Wickie versucht sein Bestes:

»Ich sorge für Behaglichkeit,
daß ihr euch wohlfühlt allezeit.«

Biggi seufzt erleichtert auf. »Nur noch zwei Verse!«

»Auf dem Lande besteht immer die Gefahr, daß man sich überanstrengt und kein Ende findet mit der Arbeit«, sagt Anne-Kathrin. »Ein Zwerg sollte ein Glöckchen schenken, und wenn das geläutet wird, dann ist Feierabend.«

Von dieser Idee sind alle begeistert. Biggi ist Feuer und Flamme. »Es gibt so hübsche Kuhglocken – als Andenken –, solch eine müßte es sein!« – Frau Fröhlig schaut auf ihre Liste. »Eine Aufgabe für Hänsel! – Und der Vers?« Sie versucht es selbst: »Wenn ich mit meiner Glocke läute . . .«

Anne-Kathrin findet den richtigen Schluß dazu: ». . . heißt das: genug geschafft für heute.«

»Der wichtigste Zwerg unter den sieben Hochzeitszwergen ist der Friedenszwerg«, meint die Pfarrfrau. »Denn wenn kein Friede im Hause herrscht, nützen Sauberkeit, Ordnung und Behaglichkeit nur wenig. Wer ist denn noch übrig? Oh, der Nils! Das paßt gut. Er soll eine dicke Kerze überreichen. Früher, als es noch kein elektrisches Licht gab, hatte man solche Kerzen als Beleuchtung auf dem Nachttisch brennen. Und diese Nachtleuchte durfte nicht ausgelöscht werden, ehe sich die Eheleute nicht versöhnt hatten – falls es im Laufe des Tages Unstimmigkeiten zwischen ihnen gegeben hatte. Nun muß also noch ein Vers herbei für die Nachtkerze. Rafft euch auf und strengt euch an – bald haben wir's geschafft!«

Es bleibt eine Weile still, denn alle sind schon ganz erschöpft vom Dichten. Da muß die Pfarrfrau wieder selber ran, und sie gibt sich große Mühe:

»Daß Lieb und Fried bei euch regieren,
will ich euch stets vor Augen führen.«

Wickie gelingt dann noch ein guter Schluß:

»Blast niemals dieses Nachtlicht aus
eh ihr nicht Frieden habt im Haus.«

»Nils muß den längsten Vers lernen«, stellt Biggi fest.

»Das macht ihm nichts aus«, behauptet Micky. Sie muß es wissen, denn sie kennt ihren »Nisse« recht gut.

Ohne daß man sie darum gebeten hätte, holt Anne-Kathrin Hartkopp die große Plätzchendose herbei und läßt die Kinder sich bedienen und die Erwachsenen auch. Sie ist der Meinung, daß sich alle eine kleine Stärkung redlich verdient hätten!

Donnerstag nach dem 2. Advent

Der amerikanische Besuch

Am späten Nachmittag des Donnerstags kommen Daniel und Maria Sybilla Henderson ins Pfarrhaus gelaufen. Sie haben den Fröhlingkindern eine Menge zu erzählen. »Ist sie da, die Tante aus Amerika?« fragt Biggi sofort.

Billies behendes Mundwerk plappert und klappert wie die Mühle am rauschenden Bach: »Ja, sie ist heute in Moosbrügge angekommen. Und sie heißt weder ›Millionär‹ noch ›Milliardär‹, sondern Millicent, Frau Millicent Horner. Sie sagt, wir sollen sie einfach ›Milly‹ nennen, aber das tun wir nicht, das klingt so respektlos. ›Tante Milly‹ – ja, das ginge vielleicht noch, denn es gibt mancherlei Tanten auf der Welt, und die müssen nicht unbedingt mit einem verwandt sein.«

Rainer Richard nickt: »Und mancherlei Onkels. Wie zum Beispiel Arnos Onkel Max mit dem roten Ferrari, von dem kein Mensch weiß, was er eigentlich in Moosbrügge tut. Denn er arbeitet hier nicht und hat hier auch kein Ferienhaus. Das Haus gehört den Seidenthals.« –

»Kann sie denn Deutsch, die Tante Milly?« Diese Frage beschäftigt den ältesten Pfarrersbuben. Er kann ja schon ein bißchen Englisch – aber noch nicht viel! – »Ein wenig kann sie, aber sehr viel ist es nicht«, antwortet Daniel. »Vati muß oft dolmetschen. Es ist ein Glück, daß er gut Englisch spricht. Das wußte sie durch meinen Onkel Ted, und deshalb ist sie zu uns

gekommen. Sie kennt sonst auch keinen Menschen in Deutschland; außer ihrem Sohn natürlich.«

»Und sie hat sich gleich ein Auto gemietet«, fährt Billie mit Schwung und Eifer fort, »denn sie sagt, ohne Auto könnte sie nicht leben.«

»Das ist bestimmt übertrieben«, fällt hier Biggi ein. »Ich kenne allerhand Leute, die kein Auto haben und doch leben.«

»Ja, vielleicht in Deutschland«, meint Micky. »In Amerika kann das ja anders sein.«

»Sie findet alles ›wonderful‹«, kichert Billie. »Soviel Englisch verstehen wir alle – nicht wahr? Es heißt ›wundervoll‹. Also der Gasthof ›Zu den Sieben Zwergen‹, der ist für sie wonderful, und das Essen dort auch und unser Haus und überhaupt ganz Moosbrügge: alles wonderful. Sie ist aber nicht sehr begeistert, daß ihr einziger Sohn unbedingt in Deutschland studieren möchte. Sie hätte ihn lieber in Amerika behalten. Kann man doch verstehen – oder? Er hatte auch eine Freundin in Amerika – der Sohn Freddy. Sie waren so gut wie verlobt – sagt Tante Milly. Dann hat sich diese Judy in einen Popsänger verliebt und hat sich von Freddy getrennt. Das hat ihn furchtbar geärgert . . .«

»Nicht nur geärgert«, unterbricht Daniel hier seine Schwester. »Wenn man einen Menschen verliert, den man sehr gerngehabt hat, dann ist das mehr als Ärger; das tut weh! Und darum war Freddy alles verleidet, und er fuhr ab nach Deutschland.«

»Da ist aber noch eine Sache«, erinnert Billie. »Der Freddy hatte schon vor einiger Zeit angefangen, Ahnenforschung zu betreiben. Das tun jetzt viele in Amerika. Und dabei kam heraus, daß die Horners ursprünglich aus Deutschland stammen. Das war auch ein Grund, weshalb er nach Deutschland kam: Er wollte das Land seiner Vorfahren kennenlernen. Und es gefällt ihm in Würzburg, er hat dort gute Musiklehrer gefunden – sagt Tante Milly. Sie würde ihn ja gerne zurückholen nach Amerika, doch vorläufig geht es nicht.«

Die Fröhling-Kinder haben interessiert zugehört. Eine solche amerikanische Tante – na, das ist doch etwas! Auch wenn es sich bloß um eine »Nenn-Tante« handelt. Wer weiß, was sie noch alles »wonderful« finden wird in Germany?

Wohin mit Bessy?

Nun ist es wieder Freitag, und die Fröhlings haben sich so recht und schlecht damit abgefunden, daß Ethelbert Littmeyer das Wochenende erneut bei ihnen verbringen wird. Denn auch sein Onkel Eduard wird wieder dasein, mitsamt seinen beiden Töchtern Ilse und Lore.

Überrascht sind sie, daß am Spätnachmittag die drei Seidenthal-Kinder angeschwirrt kommen, ganz außer Atem und sichtlich erregt. Agnes trägt ihr Kätzchen Bessy auf dem Arm, und sie sieht wie zusammengedrückt aus, ganz blaß und schmal und elend und mit rotgeweinten Augen. – Sie will etwas sagen, doch sie

kann nicht, die Kehle ist ihr wie zugeschnürt. Dafür brüllt Arno los: »Wir wollen Bessy behalten, wir mögen sie – aber sie, die Frau Scheibelhut, sie leidet's nicht. Sie sagt: Mir kommt kein Tier ins Haus!« – Er ist ganz außer sich.

»Nun kommt erst mal herein und beruhigt euch«, sagt Maria Michaela freundlich. – »Jetzt übers Wochenende könnt ihr Bessy doch auf jeden Fall bei euch behalten. – Hier ist ja keine Frau Scheibelhut, die es euch verbieten kann.«

»Ich hab's ja immer gesagt: Sie ist ein Drachen«, knirscht Biggi wütend. »Solch ein süßes, süßes kleines Kätzchen abzulehnen! Das muß doch jeder gernhaben. Sie hat bestimmt ein Herz aus Stein, die Frau Scheibchen-am-Hut.«

»Sie hat keine Scheibchen am Hut, die hat Scheiben im Kopf!« empört sich Dickie.

Mittlerweile haben die Fröhlings die Seidenthal-Kinder ins Wohnzimmer bugsiert. Sie wollen nun alles genau wissen. Alice als die Älteste ergreift das Wort: »Sie war von Anfang gegen Bessy eingestellt, die Frau Scheibelhut. Mama hat ein gutes Wort für Bessy eingelegt, und auch Papa hat es versucht. Denn sie haben beide nichts gegen Katzen. Aber mit Frau Scheibelhut kann kein Mensch vernünftig reden. Die ist stur wie ein Panzer. Sie hat kategorisch erklärt: ›Entweder das Katzenvieh oder ich!‹«

»Ha, da wäre mir die Wahl nicht schwergefallen«, knurrt Wickie. »Lieber eine Bessy als 100 Scheibelhüte!«

Alice stößt einen schweren Seufzer aus. »Ja, das sagst du so. Aber so einfach ist das nicht. Papa will sie nicht verlieren, die Frau Scheibelhut, denn sie ist schon viele Jahre bei uns im Haus. Sie war schon da, ehe wir geboren wurden – als der Opa noch lebte – ja, als Mama geheiratet hat, da war sie schon da. Die Oma war nämlich gestorben, und da mußte doch jemand dasein, der für den Opa und den Papa sorgte. Sie weiß über alles Bescheid, und sie kocht so gut – findet Papa –, und er kann sich ein Leben ohne sie überhaupt nicht vorstellen. Er denkt, der ganze Haushalt würde ohne sie zusammenbrechen. Darum verlangt er, daß wir uns von Bessy trennen; weil wir sie ja noch nicht lange gehabt haben – bloß ein paar Tage.« – Sogleich fangen Arno und Agnes wieder an zu heulen, Arno laut und wild – Agnes leise und verzweifelt.

Hier fühlt Werner Wigbert sich bewogen einzuschreiten. »Hört auf zu heulen – das lohnt sich nicht. Es bringt ja nichts. Denkt dafür mal ein bißchen ruhig und vernünftig nach! Ihr nehmt jetzt euer Kätzchen, geht damit nach Hause und freut euch daran. Das ganze Wochenende könnt ihr mit ihm spielen und euren Spaß daran haben. Und wenn ihr dann wieder nach Würzburg zurückfahrt, bringt ihr es bei einer Pflegefamilie unter, bis ihr am nächsten Freitag zurückkommt. Fast die halbe Woche – nämlich beinahe drei Tage – könnt ihr es haben – ist das etwa nichts?«

Die Tränen von Arno und Agnes versiegen allmählich. »Und du meinst«, stammelt Agnes, »du glaubst wirklich, wir würden jemanden finden, der . . .?«

»Das laß nur unsre Sorge sein«, verspricht Wickie. »Wir kennen hier viele Leute. Und wenn es gar nicht anders geht, bitten wir Vati, es in der Kirche abzukündigen!«

Da muß Biggi lachen. Sie weiß ja, daß Wickie nur Spaß macht. Die jüngeren Seidenthal-Kinder haben sich nun beruhigt, und nachdem Maria Michaela von

Anne-Kathrin ein paar Plätzchen für sie erbettelt hat, ziehen sie getröstet ab.

Da wendet sich Biggi an ihren großen Bruder: »Jetzt sitzt du aber ganz schön in der Patsche!«

»Wieso denn?« will Wickie wissen.

»Na, wo willst du denn so schnell einen Katzenbetreuer hernehmen?«

»Das weiß ich jetzt noch nicht«, erwidert Werner Wigbert seelenruhig.

»Doch es wird mir schon etwas einfallen.«

Und dann, beim Adventsfeierstündchen, kommt ihm plötzlich die Erleuchtung: »Ethelbert! Du bist der Richtige. Du wirst dich die Woche über um Bessy kümmern . . .«

»Natürlich! Das ist *die* Lösung!« fällt Brenda Brigitte rasch ein. »Du bist der nächste Nachbar von Seidenthals. Da kann sich Bessy dort ihr Revier aufbauen, wo sie herumstreifen und jagen kann. Katzen sind sehr ortsgebunden.«

»Ich?« Ethelbert wird ganz starr vor Schreck. »Das geht doch nicht. Ich weiß nichts von Katzen. Ich verstehe wirklich nichts davon. Ich will gar keine Katze – obwohl ich natürlich nichts gegen Tiere habe.«

»Sei kein Frosch, und stelle dich nicht so an«, redet Wickie auf seinen Klassenkameraden ein. »Alles, was du über Katzen wissen mußt und wissen willst, wird dir Biggi erzählen, denn sie ist doch unsre Katzenexpertin.«

»Und wenn du wirklich mal nicht mehr weiterweißt, gehst du einfach zu Tante Rita Calmus. Sie ist ja Tierärztin«, stößt Biggi ins gleiche Horn. »Es kostet euch auch nichts, denn Agnes hat versprochen, das Katzenfutter von ihrem Taschengeld zu bezahlen.

Heutzutage ist das ja so einfach: Alles, was die Katzen brauchen, ist schon in den Dosen drin. Und dann sind Katzen so gesund! Die helfen gegen Depressionen, Übergewicht, Herzinfarkt und Herz-Kreislauf-Erkrankungen.«

Ethelbert Littmeyer hockt unglücklich auf seinem Stuhl und schaut so sauer drein, als hätte er eine ganze Flasche Essig auf einmal ausgetrunken! – »Ich kann das wirklich nicht – bitte, versteht das doch!« murmelt er.

Da muß Werner Wigbert schwereres Geschütz auffahren: »Jetzt hör mal zu, Ethelbert! Du bist zu uns gekommen und hast um Asyl gebeten, und wir haben dich aufgenommen, um dich vor deinem Onkel Eduard zu schützen. Jetzt bist du gefordert. Du kannst dich doch schließlich nicht weigern, drei unglücklichen Kindern zu helfen, die von ihrer bösartigen Haushälterin tyrannisiert werden. Sonst würde es uns sehr leid tun, daß wir dich aufgenommen und dir geholfen haben.«

Was soll Ethelbert darauf erwidern? Jetzt ist er in die Enge getrieben. Bisher hat er immer nur an sich selbst gedacht. Nun muß er auch einmal etwas für andere tun. Es bleibt ihm nichts anderes übrig. »Es ist gut«, würgt er mit heiserer Stimme hervor. »Ich werde mich während der Woche um Bessy kümmern.«

Wickie drückt ihm kameradschaftlich die Hand. »Prima, Ethelbert! Ich habe auch gar nichts anderes von dir erwartet.«

Arno und Frau Altekatz

Am Samstag sind die Seidenthal-Kinder natürlich wieder im Pfarrhaus. Arno wartet eine passende Gelegenheit ab und schlüpft zu Anne-Kathrin in die Küche. – »Liebe Frau Altekatz, ich möchte dich mal was fragen«, leitet er vorsichtig ein Gespräch ein.

Verblüfft starrte Anne-Kathrin Hartkopp ihn an. Will er sie verulken? Nein, er schaut sie ganz offen und treuherzig an. »Wie hast du mich eben genannt?« erkundigt sie sich noch mal sicherheitshalber, denn in ihrem Alter hört man oft nicht mehr ganz hundertprozentig.

»Frau Altekatz«, wiederholt Arno freundlich. »So heißt du doch, nicht wahr? Wiggi, Miggi, Biggi und Diggi nennen doch doch alle so.«

»Ach, du meine Güte!« seufzt Anne-Kathrin. »Bisher hab' ich gedacht, ich sei diejenige, die nicht mehr gut hört. Und nun bist du Knirps es, der alles total falsch verstanden hat. Ich heiße Anne-Kathrin Hartkopp, und die Pfarrerskinder nennen mich ›Annekatt‹, weil man den Namen Anne-Kathrin hier auf den Dörfern so verkürzt.«

»Ob Altekatz oder Harter-Kopp – das macht doch nicht viel aus – oder?« fragt Arno harmlos.

»Das macht schon etwas aus«, behauptet die alte Haushälterin. »Jeder möchte schließlich mit seinem richtigen Namen angeredet werden. Oder soll ich etwa ›Herr Seidenschal‹ zu dir sagen?«

»Ich bin doch kein Herr«, stellt Arno bescheiden

fest. »Aber eigentlich gefällt mir Seidenschal besser als Seidenthal! – Denn was ein Seidenschal ist, weiß jeder. Was aber ist ein Seidenthal? Ein Tal aus Seide? Das gibt's doch gar nicht. – Natürlich sage ich jetzt immer ›Frau Harterkopp‹ – nein, falsch: Frau Hartkopp. So ist es richtig; ja, ich werde es mir merken. Darauf kannst du dich verlassen.«

»Ich freue mich, daß du ein lernwilliger Bub bist«, schmunzelt Anne-Kathrin, der die Unterhaltung plötzlich Spaß macht. »Und nun wollen wir auch noch gleich die Namen der Pfarrerskinder lernen. Die hast du nämlich auch falsch verstanden. Sie haben doch alle so schöne Namen. Ich nenne sie: Berti, Mariechen, Birgit und Rainerle.« –

»Das kann ich nicht behalten – es ist zuviel!« behauptet Arno kläglich. »Sie nennen sich auch niemals so. Da komm' ich ganz durcheinander.«

»Du hast recht«, gibt die alte Haushälterin zu. »Untereinander nennen sie sich nie mit ihren richtigen Namen. Da sagen sie: Wickie, Micky, Biggi und Dickie.«

»Dickie kann ich mir merken!« stellt Arno erfreut fest. »Da brauch' ich nämlich bloß an ›dick‹ zu denken. Obwohl mein Freund Dickie gar nicht sehr dick ist! Bloß sein Gesicht, das ist ganz rund und rotbäckig. Und bei Micky kann ich an die Micky-Maus denken. – Biggi war ja richtig, nicht wahr? – Aber wie soll ich mir denn bloß den Wiggi, nein, den Wickie merken?«

»Dann denk doch einfach an die Wikinger!« schlägt Anne-Kathrin vor. »Ach, die kennst du natürlich auch noch nicht! Tja, das ist schwierig. Dann sagst du halt weiter ›Wiggi‹, denn das ist sowieso nicht sein richtiger Name.«

Doch Arno kann auch hartnäckig sein, wenn er sich

etwas in sein Köpfchen gesetzt hat. »Ich denk' einfach an meinen Freund Dickie!« ruft er erfreut. »Dann pack' ich's: Dickie – Wickie, Dickie – Wickie; es geht ganz leicht.«

Nach diesem kleinen Ausflug in die Welt der Namen erinnert sich Arno an sein eigentliches Anliegen, das er keineswegs aus den Augen verlieren darf. »Ja, was ich dich fragen wollte, Frau Hartkopp, willst du nicht lieber zu uns nach Würzburg kommen? Wir würden dich so nötig brauchen! Ich glaube, die Fröhlichs . . .«

»Fröhlings«, verbessert Annekatt.

»Ich sage Fröhlichs, weil es am besten paßt«, bleibt Arno bei seiner Bezeichnung, »also, die Fröhlichs brauchen dich nicht so nötig wie wir. Die sind fröhlich und werden schließlich auch ohne dich fertig.«

»Ja, das denkst du dir so«, brummt die alte Haushälterin. »Frau Fröhling kann sehr gut Klavier spielen; mit dem Kochen jedoch geht es nur so lala, weißt du?«

Arno schüttelt den Kopf. »Nein, weiß ich nicht. Na, dann essen sie eben nur so lala. Die kommen schon zurecht. Onkel Fröhlich kann ein bißchen kochen – Dickie hat es mir verraten –, und Micky kann auch ein bißchen kochen. Die wissen sich zu helfen. Zur Not können sie immer noch ›Zu den Sieben Zwergen‹ gehen. Dort soll es sehr gutes Essen geben. Und es gibt überhaupt noch sehr viele Frauen hier im Dorf, die können alle für die Fröhlichs kochen, wenn es sein muß. Wir brauchen dich viel nötiger, Frau Hartkopp. Denn wir müssen die Frau Scheibelhut loswerden. Und das können wir erst, wenn wir eine neue Köchin gefunden haben. Mama kann sie auch nicht leiden. Niemand hat was zu sagen bei uns. Jeder muß tun, was Frau Scheibelhut will.«

Anne-Kathrin wiegt bedächtig ihren grauhaarigen Kopf und meint: »Das ist wirklich schlimm, und wir wollen gemeinsam überlegen, was sich tun läßt. Aber siehst du, einen so alten Baum, wie ich einer bin, den kann man nicht mehr verpflanzen. Hier kann ich vielleicht noch eine Weile in aller Stille grünen, doch in Würzburg würde ich nicht gedeihen, da müßte ich eingehen.«

Eben guckt Dickie zur Küchentür herein und ruft: »Ach, hier bist du, Arno! Komm schnell, ich weiß schon, was wir jetzt machen.«

Anne-Kathrin steckt jedem noch ein Plätzchen zu,

dann ziehen die beiden ab. – Sie macht sich so ihre Gedanken. »Da liegt etwas in der Luft. Da geht was schief bei Seidenthals. Ich will mit Frau Fröhling darüber sprechen. Sie sagt ja immer, daß beten hilft. Die haben es wohl sehr nötig, daß man für sie betet, die Seidenthals.«

Später am Abend sitzen Werner Wigbert und Ethelbert noch zusammen in Ethelberts Gastzimmer. Ethelbert druckst zuerst ein bißchen herum, dann legt er los: »Ich muß dir was sagen, Wickie. Onkel Eduard reist wohl morgen wieder ab, er muß ja in seine Schule. Nur seine Töchter – die Ilse und die Lore –, die bleiben vorläufig bei uns.« Er schluckt und schaut sehr unglücklich drein.

»Na ja, wo sollen sie sonst auch bleiben«, fährt er dann bedrückt fort. »Bisher hat sich die Oma um sie gekümmert, die Mutter von Onkel Eduard. Denn meine Oma, die Mutter von Tante Gundi und von meinem Vater, die lebt nicht mehr. Aber jetzt ist die Oma der Mädchen krank geworden. Was soll Onkel Eduard da machen? Und meine Mutter heißt Lenore und ist die Patin von der kleinen Lore, die wir auch Lori oder Lorchen nennen. Tante Gundi rief die Mädchen oft zusammen, als wäre es ein einziger Name, ein Doppelname: Ilse-Lore! – Das ist nun alles vorbei . . .« Er seufzt tief auf.

»Nimm's nicht so schwer!« spricht ihm Wickie Mut zu. »Sie sind doch deine Kusinen. Vielleicht wird es ganz nett mit ihnen. Wie alt sind sie denn?«

»Ilse ist vor kurzem sechs geworden. Sie kommt nächstes Jahr zur Schule. Lore ist vier. Sie geht in den Kindergarten. Ich weiß wirklich nicht, was ich mit ihnen anfangen soll.«

»Na, du sollst ihnen ein großer Bruder sein. Zugegeben, es ist manchmal lästig – aber manchmal auch ganz schön.«

»Ja, du kannst das, Wickie. Aber ich – kann das einfach nicht.«

»Ach, du liebstes bißchen – wenn du wüßtest!« grinst Wickie. »Vor zwei Jahren sollte ich mal Babysitter spielen und Dickie hüten – du, das war eine Katastrophe! Ich wäre nie mit ihm fertig geworden, wenn Micky mir nicht geholfen hätte. – Wir brauchen alle Hilfe, du und ich – wir alle. Und jetzt haben wir Advent. Das bedeutet: Der Helfer ist schon da! So steht es in einem Lied, das wir neulich gesungen haben. Da ist es mir klargeworden, wie nötig wir diesen Helfer brauchen. Ohne ihn kommen wir nicht durch – du nicht und ich nicht – keiner von uns.«

Und als Werner Wigbert an diesem Abend in seinem Bett liegt, da denkt er: »Wie merkwürdig das ist! Ich hatte solche Angst vor Ethelberts Besuch bei uns, weil ich ihn doch nicht leiden konnte. Na ja, seine Art liegt mir auch jetzt noch nicht so sehr. Aber ich kann mit ihm auskommen. Irgendwie sind wir uns nähergerückt, irgendwie kann ich ihn verstehen, jedenfalls viel besser als früher.«

Der große Kummer eines kleinen Mädchens

Biggi und Agnes sind zum Angerhof gelaufen, Dickie und Arno spielen zusammen, und Wickie und Ethelbert haben Jens Jörgensen im Doktorhaus besucht. So haben Micky und Alice das Mädchenzimmer für sich allein. »Ich will dir jetzt etwas erzählen, was ich keinem andern sagen kann«, beginnt Alice Seidenthal. »Schließ bitte die Tür ab!« –

»Warum denn?« wundert sich Maria Michaela.

»Damit Agnes nicht unversehens hereinkommt«, erklärt Alice. »Sie darf das nämlich nicht hören, was ich dir jetzt sagen möchte.«

Micky dreht kopfschüttelnd den Zimmerschlüssel im Türschloß um, und Alice fährt mit dumpfer Stimme fort: »Es ist nämlich so, daß unsere Eltern sich trennen wollen.«

Micky erschrickt. »Das ist ja schrecklich! Sie wollen sich wirklich scheiden lassen? Und es gibt keinen Ausweg? Ach, Alice, ich mag es nicht glauben! Wir wollen beten – vielleicht versöhnen sie sich doch wieder.«

Alice schüttelt traurig den Kopf. »Nein, da hilft nichts mehr. Versöhnen können sie sich nicht, denn sie haben sich ja überhaupt nicht gestritten. Sie streiten nie. Sie verstehen sich bloß nicht mehr. Papa hat keine Zeit. Er kümmert sich bloß um seine Firma. Sie ist sein ein und alles. Sonst ist er herzensgut. Mama hat mir erzählt, wie alles gekommen ist, denn ich bin ja ihre ›Große‹. Aber den ›Kleinen‹ darf ich noch nichts sagen.

Mama wuchs auf in einer Familie mit vielen Kindern und wenig Geld. Ihr Vater war streng und hielt die Hand auf dem Geldbeutel und gönnte ihnen nichts – keine schönen Kleider, keine Süßigkeiten, kein Vergnügen. Sie hatte keinen Spaß in ihrer Kindheit. Dann wurde sie Apothekenhelferin. Sie verdiente nicht sehr viel, und davon mußte sie noch einen Teil zu Hause abgeben. Aber dort in der Apotheke lernte sie Papa kennen – nein, es war nicht zuerst der Papa, sondern der Großvater, Papas Vater. Der war nicht geizig und kleinlich, wie mein anderer Opa, den ich nie gekannt habe. Nein, Großvater war der gütigste Mensch, den du dir vorstellen kannst. Mama gefiel ihm. Er hatte schon lange gedacht, daß sein einziger Sohn endlich heiraten und mal an etwas anderes denken sollte als nur an die Firma. Er selber war sehr glücklich verheiratet gewesen, aber seine Frau war leider gestorben. Damals kam Frau Scheibelhut ins Haus, denn sie mußten ja jemanden haben, der für sie sorgte und für sie kochte. Großvater hatte auch noch eine Tochter. Das ist die Tante Bettina. Sie ist verheiratet und wohnt weit weg.

Großvater lud also meine Mama ein und machte sie mit meinem Vater bekannt. Mama war begeistert von dem schönen Haus und von allem, was sie dort sah. Sie mochte Großvater sehr gern, und Papa gewann sie auch lieb. Er schenkte ihr alles, was sie sich wünschte: Kleider und Schmuck und Parfüm und Blumen und Süßigkeiten – soviel sie wollte. Es war wie im Märchen für sie. Und so verlobten sie sich und heirateten, und dann wurden wir Kinder geboren.

Solange Großvater lebte, war auch alles gut. Denn er wußte, was einer jungen Frau Freude machte und sorgte schon dafür, daß Papa sich seiner Familie widmete. Manchmal kaufte er einfach Theaterkarten oder Opernkarten, und dann mußte Papa Mama ausführen, obwohl er sich selber nicht viel daraus machte. Oder Großvater sagte ihm, daß er jetzt unbedingt mal Urlaub machen müßte. Vor ihm hatte sogar Frau Scheibelhut Respekt. Damals konnte sie nicht machen, was sie wollte. Ich kann gar nicht sagen, wie sehr ich meinen Großvater liebte. Wir waren alle sehr, sehr traurig, als er starb. Nur Arno – der verstand es noch nicht, der war damals noch zu klein.

Danach wurde alles anders. Papa ging ganz in der Firma auf, er mußte ja nun alles allein entscheiden und leiten. Er hatte keine Zeit mehr für uns. Und Mama langweilte sich. Im Haushalt durfte sie nichts anrühren, das duldete Frau Scheibelhut nicht. Agnes und ich gingen nun in die Schule. Papa meint es ja gut – er hat bloß niemals Zeit. Er ist auch viele Jahre älter als Mama. Zu Mama sagte er: ›Geh doch in einen Verein! Warum willst du nicht Tennis spielen wie andere junge Damen?‹

Also trat Mama dem Tennisclub bei. Dort lernte sie andere Leute kennen – auch Onkel Max. Der ist jünger als Papa, und der hat Zeit, denn sein Vater lebt noch und kümmert sich ums Geschäft. Und so spielten sie Tennis, Mama und Onkel Max – der eigentlich Maximilian Gallwitz heißt –, und sie gingen aus und fuhren spazieren in dem roten Ferrari. Denn Geld genug hat er, der Onkel Max. Und nun wollen sich Mama und Papa scheiden lassen, ganz freundschaftlich. Papa hat nichts dagegen. Wenn das geschehen ist, wird Mama Onkel Max heiraten.« –

Maria Michaela seufzt tief auf. »Das tut mir ganz schrecklich leid. Ich glaube, sie haben nur an sich gedacht und überhaupt nicht an euch. Was wird denn dann aus euch Kindern?«

Alice blickte ihre Freundin mit todtraurigen Augen an. »Das ist es ja eben, was mir solchen Kummer macht. Ich habe mal gehört, wie Papa und Mama sich unterhalten haben. Sie wußten nicht, daß ich im Zimmer war. Ich saß in einer Ecke auf einem Sessel und las. Da haben sie über alles gesprochen. Onkel Max nimmt uns nicht, er will nicht drei Kinder haben, aus uns Mädchen macht er sich nichts, wir sind ihm auch schon zu groß. Er will nur Arno. Ich soll bei Papa bleiben, weil ich die Älteste bin und schon vernünftig. Da hat Frau Scheibelhut schließlich zugestimmt, da Papa nicht nachgab. Mit kleinen Kindern will sie sich nicht abgeben, weil sie nämlich Kinder und Tiere nicht mag.«

»Und Agnes? Was wird denn aus Agnes?« fragt Maria Michaela angstvoll.

Alice schluckt. Sie hat einen Kloß im Hals und kann kaum sprechen. »Agnes soll in ein Kinderheim, ein sehr gutes Kinderheim. Und keiner begreift, daß das nicht geht! Man kann Agnes doch nicht allein lassen, da stirbt sie vor Angst. Ich habe mit Mama gesprochen und ihr gesagt, daß ich dann lieber mit Agnes ins Kinderheim gehen will. Aber die Eltern haben behauptet, das könnte man nicht machen. Ich wäre schon zu groß dafür, und außerdem will Papa mich bei sich haben. Siehst du, Maria, das ist das Schlimmste, daß man uns Geschwister trennt. Auch für Arno ist es nicht gut, wenn er zu Onkel Max kommt, denn Onkel Max versteht gar nichts von Kindern und verwöhnt ihn bloß. Mama sagt ja nichts, sie tut alles, was Onkel Max will.«

»Und man kann nichts machen – gar nichts?« fragt Micky bedrückt.

»Nein, nichts. Gar nichts. Ich wollte es dir nur mal erzählen, weil ich es vor Kummer nicht mehr aushalte.«

Eine Weile ist es ganz still im Mädchenzimmer. Die Freundinnen sitzen stumm da, mit gesenkten Köpfen. Plötzlich hebt Maria ihren Kopf. In ihren braunen Augen glimmt ein Hoffnungsfunken auf. »Wir haben neulich ein Adventslied gesungen – weißt du? Es ist ein altes Adventslied. Es hat uns allen sehr gut gefallen

– besonders dem Wickie. Mir aber auch. Du wirst es wohl nicht kennen. Es fängt an: ›Auf, auf, ihr Reichsgenossen, euer König kommt heran!‹ und in einem andern Vers heißt es:

Auf, ihr betrübten Herzen,
der König ist gar nah;
hinweg all Angst und Schmerzen,
der Helfer ist schon da.

Vati hat uns das erklärt: Advent bedeutet, der Helfer ist da! – Und er hat uns gefragt: Brauchen wir einen Helfer? Da haben wir gesagt: Jawohl, den brauchen wir. – Dann hat er uns weiter gefragt: Wann brauchen wir einen Helfer? Wir wußten es: Immer. – Und wo brauchen wir ihn? Überall. – Und bei was kann er uns helfen? Bei allem. Siehst du, Alice, das ist es: Wir müssen es ihm sagen, dem Adventskönig Jesus Christus. Denn er weiß einen Ausweg, wo wir keinen wissen, und er kann da helfen, wo sonst niemand helfen kann, weil er der Helfer ist. – Übrigens haben wir beschlossen, daß wir dieses Lied vom Helfer bei Rosmarie Koestlers Hochzeit singen wollen.«

»Aber wie – wie soll er uns denn helfen können?« fragt Alice zweifelnd. »Es gibt doch keine Hilfe für uns.«

»Das wissen wir jetzt noch nicht, doch er weiß es schon. Ich kenne noch ein anderes Lied, das hat Mutti besonders gern. Es geht so: Weiß ich den Weg auch nicht, du weißt ihn wohl . . .« – Es hat Alice wohlgetan, ihr beschwertes Herz der Freundin auszuschütten. An eine Lösung ihrer Probleme kann sie noch nicht so richtig glauben. Maria versteht das. Alice kennt ja den

Helfer noch nicht! Jetzt bewegt Maria eine Frage: »Darf ich es meiner Mutter erzählen?« –

Alice zögert. »Bist du ganz sicher, daß sie dichthält und keinem ein Sterbenswörtchen erzählt?« –

»Ja, ganz sicher.«

»Gut. Dann kannst du's tun.« –

»Nicht wahr, Mutti«, fragt Micky dann am Abend eindringlich, nachdem sie der Mutter alles mitgeteilt hat, »der Helfer kann doch allen helfen? Auch den Seidenthal-Kindern?«

»Ja, das kann er«, erwidert Frau Fröhling mit Überzeugung. »Für ihn gibt es keine hoffnungslosen Fälle, obwohl ich zugeben muß, daß dies ein besonders schwieriger Fall ist, für den ich selber keine Lösung wüßte. – Und jetzt wollen wir beide für die Seidenthal-Kinder beten.«

»Daß sie nicht getrennt werden!« fleht Maria Michaela.

»Daß Gott sie so führen möchte, wie es für alle drei am besten ist«, ergänzt Clara-Marie Fröhling.

Montag nach dem 3. Advent

Ach du Schreck!

Nun hat der Schulalltag wieder begonnen für die großen Fröhling-Kinder. Die Seidenthals sind am Sonntagabend abgereist, ebenso Onkel Eduard. Die Fröhling-Kinder sind mit ihren Schulaufgaben beschäftigt, als ihnen schon wieder Besuch ins Haus schneit! Diesmal sind es die Kinder aus dem Märchenhaus, und sie scheinen sehr aufgeregt zu sein.

»Es ist etwas Schreckliches passiert«, legt der sonst eher ruhige Daniel los, und seine Schwester sieht aus, als wollte sie gleich einen Aprilschauer herniederprasseln lassen.

Da protestiert Werner Wigbert: »Also wirklich, Billie, keine Tränen, wenn ich bitten darf. Damit sind wir an diesem Wochenende schon zur Genüge überschwemmt worden.«

»Ich will es kurz machen«, erklärt Daniel. »Frau Millicent Horner hat sich in unser Haus verliebt. Sagt sie. Und sie will es kaufen – für jeden Preis.«

»Was, das Märchenhaus? Das geht doch nicht! Das kann sie doch nicht tun! Eure Etern haben euch versprochen, daß ihr im Märchenhaus wohnen bleibt.«

Daniel nickt. »Das haben sie wohl. Aber bedenke doch, sie ist reich, und wenn sie bereit ist, jeden Preis zu zahlen . . . Meint ihr, daß unsre Eltern da widerstehen können?«

Billie wendet sich jetzt an Biggi. »Du hast doch gesagt, du würdest uns helfen – erinnerst du dich? Und du hast gesagt, man könnte den Käufer vergraulen.«

O ja, Biggi erinnert sich schon. Aber sie hätte niemals gedacht, daß der »Ernstfall« eintreten würde. »Ja, hab' ich gesagt«, gesteht sie, »und wir müssen jetzt zusammen überlegen, wie wir das machen.«

»Vergraulen – na ja, am besten mit Gespenstern«, überlegt Wickie.

»Au ja, natürlich!« schreit Biggi. »Ihr müßt eurer Tante Milly erzählen, daß es ein Spukhaus ist. Dann verzichtet sie darauf. Denn in Amerika gibt es nur sehr wenige Gespensterhäuser – glaube ich. Die sind nicht alt genug.«

»Aber in England – da gibt es welche«, erinnert sich Micky.

Zum Glück platzt jetzt noch ein weiterer junger Gast ins Pfarrhaus: Fee Biester. Sie ist gekommen, um mit Wickie die afrikanische Szene für Rosmarie Koestlers Hochzeit zu üben.

»Du kommst uns wie gerufen«, begrüßt Wickie sie. »Mir ist eine viel bessere Idee eingefallen. Diese Frau Millicent Horner aus Amerika wohnt doch bei euch, nicht wahr? Nun, stell dir mal vor, sie will den Hendersons ihr Märchenhaus abkaufen. Das geht doch nicht! Dani und Billie wollen es unbedingt behalten. Das würde jeder gerne wollen. Ein so schönes Haus! Also muß die Tante Milly vergrault werden. Und das kann am unauffälligsten durch deinen Opa geschehen, Fee! Er erzählt doch so gerne Geschichten – das weiß jeder. Da soll er mal ein paar richtig schauerliche Spukgeschichten ausgraben.

Wilhelm Hauff hat einige geschrieben – wir haben das Buch –, vom Kalif Storch und vom Gespensterschiff. Und Theodor Storm hat auch ein paar sehr schaurige Märchen erzählt, na ja, euer Opa kennt bestimmt auch welche. Die muß er der Tante Milly in die Ohren trompeten, daß es ihr ganz kalt über den Rücken läuft. Und dann bemerkt er so beiläufig, daß es in Moosbrügge einige ganz alte Spukhäuser gibt und daß es im Märchenhaus höchstwahrscheinlich auch spuken würde.«

Die Kinder sind Feuer und Flamme. Das ist mal ein Superplan! Nur Micky meldet noch Bedenken an: »Aber das ist doch gelogen, Wickie! Es gibt kein Gespensterhaus in Moosbrügge, und auch im Märchenhaus spukt es überhaupt nicht.«

»Opa Biester wird der Tante Milly ja auch keine Tatsachenberichte erzählen, sondern Märchen«, verteidigt Wickie seine Idee. »Märchen muß man nicht glauben. Sie kann sich selber ihren Reim drauf machen, und wenn sie anbeißt, ist das ihre Sache. – Und du wirst uns dann Bericht erstatten – ja, Fee? Wir müssen ja sowieso noch öfter üben für die Hochzeit. Und wenn du dann kommst, dann rufen wir auch gleich bei Hendersons an. Falls Tante Milly nicht drauf reinfällt, müssen wir uns halt was anderes ausdenken.«

Dienstag nach dem 3. Advent

Was ist los bei Frau Döppenschmidt?

Wenn die Fröhling-Kinder gedacht hatten, sie würden am Dienstag nachmittag unbehelligt bleiben, so sahen sie sich leider getäuscht. Das Telefon läutete, und am andern Ende der Leitung meldete sich Ethelbert Littmeyer und begehrte Werner Wigbert zu sprechen. – »Entschuldige bitte«, sagte Ethelbert höflich, »aber bei der Frau Döppenschmidt stimmt was nicht. Du kennst doch Frau Döppenschmidt, ja?«

»Nein«, erwidert Wickie, und das klingt nicht gerade ermutigend. »Wie sollte ich alle Leute kennen, die in eurer Straße ›Am Hang‹ dort oben wohnen?«

»Ich will es dir beschreiben«, verspricht Ethelbert eifrig. Er schien echt aufgeregt zu sein. »Also, zuerst kommt unser Haus. Daneben ist der Bungalow der Seidenthals, und dann folgt das Haus der Frau Döppenschmidt. Meine kleinen Kusinen Ilse-Lore sind ein bißchen spazierengegangen – weit dürfen sie allein nicht gehen –, und als sie am Hause der Frau Döppenschmidt vorbeigekommen sind, da haben sie laute Hilfeschreie gehört. Sie liefen gleich zurück und sagten es meiner Mutter. Die hat bei Frau Döppenschmidt angerufen, doch sie hat sich nicht gemeldet. Dann sind wir alle vier losmarschiert. Es stimmte tatsächlich: Wir haben die gellenden Hilferufe einer Frauenstimme deutlich gehört. Meine Mutter hat geschellt – lange und anhaltend. Aber es hat keiner geöffnet. Das hat uns sehr beunruhigt. Es muß ein Unglück geschehen sein. Was sollen wir jetzt machen?«

Wigberts Interesse ist erwacht. Hier handelt es sich offensichtlich um einen Notfall. Er überlegt. »Sie könnte gestürzt sein und hat sich vielleicht den Oberschenkelhals gebrochen und kann nicht mehr aufstehen. Wir müssen die Polizei verständigen, damit sie die Tür aufbricht. Und dann ist es auch gut, wenn wir gleich Dr. Calmus benachrichtigen. Das werde ich tun. Du kannst die Polizei rufen. Schildere ihnen den Fall ganz genau, damit sie im Bilde sind!« –

Die Polizei kam schließlich mit zwei Mann angefahren. Auch Dr. Calmus erschien, begleitet von Werner Wigbert, der sich diesen »Fall« nicht entgehen lassen wollte. Ethelbert tauchte ebenfalls, von der Neugier geplagt, auf der Bildfläche auf. Die Polizisten warfen den beiden Jungen mißbilligende Blicke zu, doch die beiden ließen sich nicht verjagen. Endlich hatten die Polizisten das Schloß aufgebrochen, und Dr. Herbert Calmus stürmte hinein. Sogleich verstummten die Hilferufe. Die Eindringlinge hatten eine leere Wohnung »erobert«. War vielleicht der Fernseher angeschaltet gewesen, und sie hatten dort gerade einen Krimi mit vielen Hilfeschreien gezeigt? Nein – der Fernseher war ausgeschaltet. Ratlos blickten sich die Männer an. Es war keine Täuschung gewesen, sie alle hatten die Hilferufe gehört!

Währenddessen durchstöbern die beiden Jungen die ganze Wohnung, und plötzlich ruft Ethelbert: »Koko! Es war Koko! Der Papagei von Frau Döppenschmidt! Sie hat erzählt, daß er fürchterlich schreien kann, wenn ihm etwas mißfällt oder er schlechte Laune hat.«

Dr. Calmus lacht, und die beiden Polizisten machen

etwas betretene Gesichter. Nun stehen sie alle fünf um Kokos Käfig herum. Prächtig sieht er schon aus, der Papagei, leuchtend rot und blau und gelb. Im Moment hält er seinen Schnabel und beäugt die fremden Besucher mißtrauisch.

Ehe sie das Haus der Frau Döppenschmidt verlassen, kehrt die Hausbesitzerin zurück und ist nicht wenig erstaunt, die Haustür aufgebrochen und ihre Wohnung mit fremden Personen bevölkert vorzufinden. Sie nimmt es jedoch gelassen hin und meint nur zur Erklärung: »Ich war in Haslau und bin dort länger aufgehalten worden, als ich gedacht und gewollt hatte. Mein armer Koko vermißt mich immer so schmerzlich, und dann wird er ungehalten und fängt an zu schreien.«

»Decken Sie seinen Käfig doch nächstens mit einem Tuch zu«, schlägt Dr. Calmus vor. »Dann denkt er, es wäre Nacht und schläft hoffentlich friedlich ein.«

Frau Döppenschmidt lächelt dem Doktor verschmitzt zu. »Nein, ich weiß etwas Besseres. Ich bringe ihn einfach zu Ihrer Frau, der Tierärztin. Die mag Koko während meiner Abwesenheit betreuen.«

Ethelbert bittet Wickie, doch noch kurz bei den Littmeyers hereinzuschauen. Er möchte ihm seine Kusinen Ilse-Lore vorstellen. Es sind niedliche Mädchen. Sie haben sich schon gut angefreundet mit dem Kätzchen Bessy. Frau Littmeyer holt für die Kinder Eis aus der Tiefkühltruhe, und während sie das schlecken, fragt Wigbert: »Wußtest du schon, Ethelbert, daß in Japan ein spezieller Katzentag gefeiert wird?«

»Nein, wirklich?«

»Ja, ich habe es neulich in der Zeitung gelesen. Es ist der 22. Februar. Dann findet ein landesweiter Wettbewerb statt. Dabei ist nicht die Schönheit entscheidend oder der Stammbaum, sondern die Originalität. Da wurde von einer Mini erzählt, die in Scheiben geschnittenen Käse verspeist, indem sie aufrecht auf den Hinterbeinen steht und den Leckerbissen zwischen den Vorderpfoten hält. Auch Miau konnte ein Kunststück vorführen: Sie balancierte eine Spielzeugmaus auf der Nase und ließ sie tanzen. Siegerin wurde schließlich die anhängliche Mia, die ihr Herrchen auf dessen Schulter überallhin begleitet.«

Die unerschrockene Amerikanerin

Am Mittwochnachmittag kommt Fee Biester ins Pfarrhaus geschwirrt. Das kleine afrikanische Ehespiel soll noch einmal geprobt werden. Die Zwergenkostüme sind übrigens auch fertig, und Frau Fröhling hört den Hochzeitszwergen ihre Verschen ab – soweit sie zu erreichen sind.

Fee weiß auch Neuigkeiten von Frau Millicent Horner zu berichten. Biggi ruft sofort bei Hendersons an. – Als Dani und Billie eingetroffen sind, fängt Fee an zu erzählen: »Also, mein Opa, der hat das wirklich gut gemacht. Er hat ganz tolle Gruselgeschichten erzählt, wobei man eine richtige Gänsehaut kriegen konnte. Es war nicht ganz einfach für ihn, weil Frau Horner ja noch nicht sehr viel Deutsch versteht. Er mußte ganz langsam und deutlich sprechen und möglichst einfache Wörter wählen. Mein Vater kann zum Glück etwas Englisch, da hat er beim Dolmetschen geholfen. Sie war eifrig und gab sich Mühe, die Frau Horner, und so hat sie wohl fast alles mitgekriegt.

Und wie fand sie die Gruselgeschichten? Wonderful! Sie sagte, sie hätte sich schon immer sehr für Gespenster interessiert, und für ein echtes Spukhaus würde sie jeden Preis bezahlen! In Amerika seien die leider sehr selten. – Na, da war die Sache gelaufen. Opa brauchte Moosbrügge und das Märchenhaus überhaupt nicht zu erwähnen.«

»Und was machen wir nun?« fragt Billie kläglich.

»Wir denken uns was anderes aus«, tröstet sie Biggi. »Die Amerikanerin scheint wohl ziemlich furchtlos zu sein, aber manchmal gibt es doch Dinge, vor denen Leute Angst haben, die sonst ganz tapfer und mutig sind.«

»Zum Beispiel vor Mäusen!« ruft Fee. »Wir haben schon öfter Gäste gehabt, die ekelten sich furchtbar vor Mäusen. Nicht, daß unsere Gastzimmer voller Mauselöcher wären! Aber Moosbrügge ist ein Dorf, und auf den Dörfern gibt es eben immer Mäuse!«

»Ja«, nickt Dickie ernsthaft, »hauptsächlich Feldmäuse. Und in Haslau wohnen die Stadtmäuse.« Er ist stolz darauf, daß ihm die Geschichte von der Stadtmaus und der Feldmaus bekannt ist!

»Na ja, und es kann dann wohl mal vorkommen, daß sich eine Maus in unsern Keller verirrt«, fährt Fee fort. »Deswegen halten wir uns ja auch eine Katze, die Minka. Sie ist eine gute Mäusefängerin.«

»Schön«, sagt Wickie. »Dann mußt du, Fee, diesmal die Sache einfädeln. Wir können doch nicht wieder euren Opa vorschicken. Du kannst ja reden, Fee, und kannst schauspielern. Da wirst du es schon schaffen. Erzählst der Frau Horner was von all den süßen Mäuschen, die es überall in Moosbrügge gibt!«

»Mäuschen sind wirklich niedlich«, findet Biggi. »Man kann sie bloß nicht dulden im Hause, weil sie alles anknabbern.«

»Aber Ratten, die kann ich nicht leiden«, gesteht Micky. »Neulich haben sie im Fernsehen einen Film gezeigt über die Natur und die Tierwelt in Indien. Da kamen Tiger drin vor und Elefanten – und viele andere Tiere. In einem Tempel hielten sie sich auch Ratten. Das waren dort die heiligen Tiere, die keiner verjagen durfte. Manche Pilger aßen sogar aus einer Schüssel mit den Ratten – igittigitt.« –

Es wird dann noch ein sehr gemütlicher Abend im fröhlichen Pfarrhaus. Nüsse werden geknackt und Äpfel gebraten, und dazu erzählt man sich Schauergeschichten. Wickie zum Beispiel wartet auf mit einem Märchen von Theodor Storm. Es heißt: »Der Spiegel des Cyprianus«. Dieser Spiegel war ein Zauberspiegel, der die Zukunft voraussagen konnte. Es durfte aber niemals ein Verbrechen vor diesem Spiegel geschehen, sonst würde er Unheil bringen. Doch einmal geschah ein Mord vor dem Spiegel, und daraufhin wurde auch der Spiegel zum Mörder, bis eine edle Frau und Mutter durch ihre Liebe den Spiegel von seinem Fluch erlöste. –

Frau Fröhling erzählt dann noch die Geschichte von der Katzenkönigin. Da war einmal ein junges Mädchen namens Annemarie. Die mußte hart arbeiten, im Haus, im Garten und auf dem Felde, und dadurch waren ihre Hände rauh und rissig geworden. Darüber ärgerte sie sich, und als sie eines Abends zu Bett ging, wünschte sie sich: »Ach, wenn ich doch so schöne, samtweiche Hände hätte wie die Pfötchen meiner Mieze!« – Wie sie dann am Morgen aufwachte – ach du Schreck! Da hatte sie statt ihrer beiden Hände zwei Katzenpfoten bekommen. Nun war der Jammer groß.

Zusammen mit ihrem Verlobten wanderte sie zu einer weisen Frau, die in einem kleinen Häuschen mitten im Walde wohnte. Die weise Frau sagte: »Ihr müßt zur Katzenkönigin gehen. Nur sie kann den Zauber lösen.« Sie beschrieb ihnen auch den Weg dorthin.

Die Katzenkönigin war eine wunderschöne, schneeweiße Katze. Aber auch sie hatte einen großen Kummer. Ihre einzige Tochter war leider kohlschwarz. Es konnte jedoch immer nur eine weiße

Katze Königin werden. »Eine Hand wäscht die andere«, sprach die Katzenkönigin zu Annemarie und ihrem Verlobten. »Ich kann und will euch helfen, doch dann müßt auch ihr mir einen Gefallen tun und meiner schwarzen Tochter ein weißes Fell verschaffen.«

Das junge Paar fand Gelegenheit, ein paar Worte allein zu wechseln mit der schwarzen Katzenprinzessin. »Wärst du bereit, das Leben einer gewöhnlichen Dorfkatze zu führen?« fragte Annemaries Verlobter.

»Mit tausend Freuden ja!« erwiderte die Katzenprinzessin. »Ich hasse es, auf dem Katzenschloß eingesperrt zu sein. Wie haben sie mich gequält, um mein Fell weiß zu färben – aber es hat doch alles nichts geholfen: Ich bin und bleibe kohlschwarz. Ich will auch gar nicht Katzenkönigin werden – nie und nimmer. Ich möchte nur meine Freiheit haben.«

»Die sollst du bekommen«, versprach das junge Paar.

Als die beiden jungen Leute wieder bei der Katzenkönigin um Audienz baten, trug der junge Mann einen weiten Mantel. Und unter diesem Mantel hatte er Annemaries schneeweiße, schläfrige, faule kleine Mieze versteckt. Die wollte von Herzen gern eine Katzenprinzessin werden! Alle Katzen bis auf die schwarze Prinzessin mußten den Saal verlassen – sonst wirke der Zauber nicht, sagte der junge Mann. Dann tauschte er flink die Katzen aus und verbarg die schwarze Prinzessin unter seinem Mantel.

Die Katzenkönigin war entzückt, als sie ein schneeweißes Kätzchen auf dem blauseidenen Kissen sitzen sah. Sie befreite Annemarie von dem Zauber und gab ihr ihre menschlichen Hände zurück. Die kleine weiße Mieze ließ sich gern bedienen und freute sich, eine Prinzessin zu sein. Die schwarze Prinzessin genoß ihre Freiheit und wurde für das junge Paar eine anhängliche, muntere Hausgenossin. Annemarie arbeitete wieder fleißig im Haus, im Garten und auf dem Felde, und es machte ihr nichts mehr aus, daß man ihren Händen die Arbeit ansah.

Ein ungewöhnlicher Einfall

Beim Adventsfeierstündchen am Donnerstag sagt Frau Fröhling: »Das Thema für den Kindergottesdienst am Sonntag ist die Bußpredigt Johannes des Täufers. Eine echte Adventsgestalt ist der Johannes ja. Er sollte das Volk Israel auf die Ankunft des Heilandes vorbereiten.«

»Ja, und er hat gesagt: ›Ich taufe euch bloß mit Wasser‹«, fällt hier Wigbert ein. »›Aber nach mir kommt einer, der ist stärker als ich. Der wird euch mit Heiligem Geist und mit Feuer taufen.‹ – Ich frage mich nur: Wie bekommt man ihn, den Heiligen Geist? Denn wir singen doch in dem Lied ›Macht hoch die Tür‹ im letzten Vers: ›Dein heil'ger Geist uns führ und leit den Weg zur ew'gen Seligkeit‹.«

»Jesus hat gesagt, daß wir um den Heiligen Geist bitten dürfen«, antwortet Pfarrer Fröhling. »Wenn schon die irdischen Väter ihren Kindern nichts Schlechtes oder Schädliches anbieten, wieviel mehr wird da der Vater im Himmel den Heiligen Geist geben denen, die ihn bitten.«

»Und dann lesen wir in der Schrift, daß Gott denen seinen Geist schenken will, die ihm gehorchen, die sich ernsthaft bemühen, nach seinem Wort und seinen Geboten zu leben«, fügt Frau Fröhling hinzu. Dann fährt sie fort: »Doch nun frage ich mich, wie ich den Kindern am Sonntag das Wort ›Buße‹ erklären soll. Das kommt in ihrem Sprachgebrauch ja gar nicht vor; höchstens noch im Sinne von ›Bußgeld‹.«

»Buße bedeutet Umkehr«, sagt Pfarrer Fröhling. »Das sollten die Kinder wohl verstehen. Wenn man die falsche Richtung eingeschlagen hat, dann muß man eben umkehren, sonst gelangt man nie ans Ziel.«

»Anhand der Geschichte vom ›Verlorenen Sohn‹ ließe sich das gut erklären«, überlegt die Pfarrfrau. »Wir können nur nicht viel voraussetzen bei unsern Kindergottesdienstkindern – zumal wir einige Neue haben werden – nicht wahr, Kinder?«

»Sie haben alle versprochen zu kommen«, berichtet Maria-Michaela mit leuchtenden Augen: »Ethelbert, die Seidenthal-Kinder, Dani und Billie.«

»Mir fällt da eben was ein«, ergreift der Pfarrer wieder das Wort. »Ich habe da etwas Ungewöhnliches in einem Büchlein gelesen, es war von Pfarrer Ralf Klinger. Der veranstaltete mal mit seiner Jugendgruppe – wenn ich mich recht erinnere, waren es Konfirmanden – ein Spiel, das hieß: In unserer Kirche stimmt was nicht. Sie mußten dann raten, was verkehrt war, und das bereitete ihnen viel Spaß. Zuletzt sagte der Pfarrer zu ihnen: ›Seht, so wie wir jetzt wieder Ordnung geschaffen haben in unserer Kirche, so sollen wir mit Gottes Hilfe auch Ordnung schaffen in unseren Häusern, in unseren Herzen, in unserem Leben.‹«

»Au ja, das machen wir!« jubeln die Fröhling-Kinder. Ihnen gefällt diese Idee. Und sie fangen auch gleich an, Vorschläge zu machen: »Wir könnten die falschen Lieder singen.« – »Ja, zum Beispiel ein Osterlied.« – »Und die falschen Texte verlesen.« – »Und die Liturgie verändern.« – »Und dann schmücken wir die Kirche ganz verkehrt aus.« – »Wir müssen nur noch darüber nachdenken, dann fällt uns bestimmt noch mehr ein.« –

Auch Frau Fröhling hat inzwischen angestrengt

nachgedacht, und sie ist zu folgendem Ergebnis gekommen: »Die Idee ist gar nicht so übel und könnte in unserem Fall eingesetzt werden. Buße tun – Umkehren – das bedeutet ja auch soviel wie Ordnung schaffen. War es nicht das, was Johannes der Täufer meinte, als er die Leute, die zu ihm kamen, aufforderte: ›Schafft Ordnung in euren Kleiderschränken und Vorratskammern! Wer da zuviel drin hat, soll den Notleidenden etwas abgeben. Schafft Ordnung in eurem Leben, ihr Soldaten, und mißbraucht eure Macht nicht! Laßt das Schwert hübsch in der Scheide stecken! Schafft Ordnung, ihr Zollbeamten, in euren Brieftaschen und Geldbörsen! Steckt da nicht manche Münze drin, die nicht hineingehört, weil ihr den Leuten zuviel Zoll abgenommen habt? Schafft Ordnung, damit der große König einziehen kann.‹ Ja, so könnte man es hinkriegen mit dem Text. – Was meinst du denn«, wendet sie sich jetzt wieder an ihren Mann, »sollten wir ein Wettspiel mit Punkten daraus machen und mit Siegerehrung für die besten Rätselrater?«

»Ja, wenn es eine Konfirmandengruppe wäre, könnte man das Spiel auf diese Weise veranstalten«, ist seine Meinung. »Für den Kindergottesdienst wäre es nicht so günstig, weil die Altersunterschiede sehr groß sind. Die Kleinen wären dann benachteiligt. Laßt es einfach bei einem Rätselspiel bleiben, an dem sich alle beteiligen können und dürfen. Ihr werdet sehen, auch so werden die Kinder ihre helle Freude daran haben.«

Freitag nach dem 3. Advent

Von Mäusen und vom Mausen

»Ich muß die Gelegenheit beim Schopf packen«, denkt Fee Biester. »Jetzt oder nie!«

Sie wartet also den günstigen Augenblick ab, bis sich Mrs. Millicent Horner von der Königinsuppe über Jägerbraten mit Rotkäppchensoße, Rapunzelsalat und Pastete à la Zwerg Nase bis zur Nachspeise »Dornröschen« durchgegessen hat. Frau Horner interessiert sich übrigens sehr für Märchen und findet sie wonderful. Die bekanntesten Märchen der Gebrüder Grimm – Schneewittchen, Rotkäppchen, Aschenbrödel, Dornröschen – kennt man nicht nur in England, sondern auch in Amerika. Über das Märchen von Schneewittchen hat Walt Disney ja sogar einen berühmten Zeichentrickfilm geschaffen. Das Märchen von Zwerg Nase dagegen ist ihr noch völlig unbekannt,

und sie möchte sich darüber informieren. Der Wirt verweist sie auf Herrn Henderson, der ja gut Englisch spricht.

Frau Horner ist nun gerade dabei, mit Genuß ihre Dornröschenspeise zu löffeln. Es ist eine Quarkcremespeise mit vielen Himbeeren und Sahne. Da faßt sich Fee ein Herz und sagt zu ihrem Vater: »Unsere Minka hat heute wieder eine Maus gefangen. Sie ist wirklich eine tüchtige Mäusejägerin.« – Und nun gibt sie sich noch einen Ruck und wendet sich an den Gast: »Do you like mice?«

Sie hat sich glücklicherweise daran erinnert, daß die Mehrzahl von »mouse« im Englischen »mice« heißt. Man will sich ja nicht blamieren vor dieser Amerikanerin! Mrs. Horner ist übrigens eine schöne Dame, elegant gekleidet, mit prächtig frisiertem Haar und wunderschön zurechtgemacht.

Und was antwortet die Dame auf die Frage, ob sie Mäuse mag? – »Oh yes. I like all kinds of animals!«

Na, da haben wir den Salat! Sie liebt alle Arten von Tieren, auch Mäuse – und Katzen und Hunde und sämtliches Viehzeug. – Wie in aller Welt soll man sie da vergraulen?

Und jetzt fängt sie an zu erzählen, daß ja Amerika das Ursprungsland der Micky-Mouse ist, und sie schwärmt vom Disneyland in Florida, wo man die Zeichenfiguren von Walt Disney alle »live« erleben kann, auch die Ente Donald Duck – und noch viele Märchengestalten. Sie wünschte, sie könnte alle Kinder von Moosbrügge einmal dorthin entführen, um ihnen das zu zeigen. Herr Biester teilt ihr mit, daß wir in Europa auch einen Disneyland-Vergnügungspark haben, und zwar in Frankreich. Aber die Europäer sind nicht ganz so begeistert davon wie die Amerikaner!

Dann versucht der Wirt, seinem Gast das deutsche Sprichwort »Die Katze läßt das Mausen nicht« zu erläutern, und nun schaltet sich Opa Biester ein und erzählt von dem »Original Rupperts Mäusezirkus in Leipzig«. Direktor Gerald Ruppert steht ein 15 Jahre alter schwarzer Kater zur Seite, der den seltenen Namen »Teufelsbraten« trägt. Er tut den 50 Akteuren des Mäusezirkus nichts zuleide, er paßt nur auf sie auf. Vor etwa 15 Jahren hat Gerald Ruppert mit der Dressur von 50 japanischen Hausmäusen begonnen.

Zuerst dachte er, man könnte den Mäusen gar nichts beibringen, bis er herauskriegte, daß man ihren Spieltrieb ausnutzen muß für den Aufbau einer Zirkusnummer. Er läßt seine Mäuse schaukeln, balancieren und durch Reifen springen. Einige lassen sich sogar aus sechs Metern Höhe in die Tiefe fallen – und werden dann vom »Chef der Manege« aufgefangen. Für solche akrobatischen Spitzenleistungen müssen den vierbeinigen Artisten auch besondere Belohnungen geboten werden, zum Beispiel Bananenstückchen oder Salami. – Gerald Ruppert kennt alle seine 50 Mäuse. Sie haben zum Teil recht drollige Namen, wie etwa Pittiplatsch, Lilamunde oder Sportifix. Ruppert tritt mit seinem Mäusezirkus auf Jahrmärkten, Faschingsfesten, in Kindergärten und Schulen auf. Er ist auch schon im Ausland gewesen: in Dänemark, Österreich und der Schweiz. –

Mrs. Horner hat aufmerksam zugehört. Herr Biester und Fee haben beide versucht, ihr durch Gesten und eingefügte englische Wörter die Erzählung vom Opa Biester verständlich zu machen. Fee hat sogar in ihrem englischen Wörterbuch nachgeschlagen. Frau Horner scheint sich für den Mäusezirkus zu begeistern, denn sie ruft: »How wonderful!«

Nun möchte Herr Biester noch eine Katzengeschichte zum besten geben. Er berichtet von Peter, einem siebenjährigen schwarzweißen Kater, der beim Flughafen Saarbrücken fest angestellt ist als Mäusefänger! Peter ist der erklärte Liebling der Angestellten und Reisenden des Flughafens. Mit 30 Mark Futtergeld monatlich steht er auf der Gehaltsliste. Schon Peters Mutter war beim Flughafen Saarbrücken angestellt. Peter gehorcht aufs Wort und ist sehr verschmust. Seine Betreuerinnen sind die Hostessen an der Flughafeninformation. Dort suchte er sich auch sein Lieblingsplätzchen: die Empfangstheke des zentralen Infoschalters. Hier thront er nun – außerhalb der »Arbeitszeit« – wie eine Statue und genießt seine wachsende Berühmtheit. Es sollen sogar schon Fluggäste »Liebesbriefe« geschrieben haben an den stattlichen Kater!

Mrs. Horner versichert, daß sie diesen Kater sehr gerne kennenlernen würde. Doch sie wird ihre Heimreise leider nicht vom Flughafen Saarbrücken, sondern vom Frankfurter Flughafen aus antreten. –

Später ruft Fee im fröhlichen Pfarrhaus an und teilt niedergeschlagen mit, daß nun auch der zweite Versuch, Frau Horner zu vergraulen, gescheitert ist. – »Mit Tieren ist bei ihr nichts zu erreichen«, seufzt sie, »denn sie mag alle Arten von Tieren – wahrscheinlich sogar Ratten und Schlangen –, wer weiß?«

»Verzage nicht!« spricht Wickie ihr Mut zu. »Es ist noch nicht aller Tage Abend. Eines Tages finden wir doch noch ein Mittel, um sie abzuschrecken, das Märchenhaus zu kaufen. – Bis dahin wollen wir uns die Laune nicht verderben lassen, denn morgen steigt ja das Hochzeitsfest!«

Samstag nach dem 3. Advent

Das Hochzeitsfest

Viele Moosbrügger kennen Rosmarie Koestler. Als Bedienung im Gasthof »Zu den Sieben Zwergen« war sie sehr beliebt. Und nun möchten sie alle Rosmarie als Braut bewundern! Ja, da gibt es wirklich was zu bewundern! Ein duftiger Schleier wallt herab von ihrem Goldhaar. Sie trägt ein schlichtes, langes weißes Brautkleid mit langen Ärmeln, das ihr sehr gut steht, und ein Brautbukett aus rosa Rosen und gelben Fresien.

»Den mußten sie bestimmt in Haslau bestellen, den Brautstrauß«, flüstert Biggi ihrer Schwester Micky zu. »Hier in Moosbrügge gibt es ja leider keinen Blumenladen.« –

Die Fröhling-Kinder und alle ihre Freunde sind mit zur Kirche gegangen. Sie möchten zuschauen, wie das junge Paar getraut wird. Pfarrer Fröhling hat einen Text ausgewählt aus dem 5. Mosebuch 28, Vers 1 und 6: »Wenn du der Stimme des Herrn deines Gottes gehorchen wirst: Gesegnet wirst du sein bei deinem Eingang und gesegnet bei deinem Ausgang.«

Wenn zwei junge Menschen sich entschlossen haben, den Weg des Lebens gemeinsam zu gehen, führt der Pfarrer aus, dann sind sie an diesem festlichen Tag der Hochzeit, wo sie sich das Jawort fürs Leben geben, voller guter Vorsätze, voller schöner Hoffnungen und manchmal auch voll süßer Träume. Aber – wenn die Voraussetzungen für eine Ehe noch so günstig sein mögen, so bleibt ihr Fortbestand doch ungewiß. Wer weiß denn im voraus, ob seine Liebe oder die seines Partners wirklich auf die Dauer tragfähig ist? – Schon das Sprichwort sagt: »An Gottes Segen ist alles gelegen.«

Gott will segnen, wenn man sich ihm zuwendet. Doch wie kann er segnen, wenn die Menschen in ihrem Alltag völlig losgelöst von ihm leben und arbeiten? Wo man sich ihm zuwendet, ja, da will er segnen. Wo wir auf seine Stimme hören und uns von ihm führen und leiten lassen, da verheißt er seinen Segen. Jesus Christus selber will ja der dritte sein in eurem Bunde. Er will euch dabei helfen, ja zu sagen zu einer lebenslangen Gemeinschaft, ja zu sagen zu seiner Liebe, die sich durch Treue bewähren will. Die Ehe unter Christen soll ja ein Abbild sein von der liebenden Gemeinschaft zwischen Christus und seiner Gemeinde. – Als Abraham aufbrach in ein unbekanntes Land, da gab ihm Gott als kleine Laterne auf seinen Weg die Verheißung mit: Ich will dich segnen, und du sollst ein Segen sein.

Auch ihr betretet jetzt ein unbekanntes Land, das Land der Ehe. Auch euch verheißt der Herr seinen Segen. Abraham wurde gesegnet auf dem Wege des Gehorsams. Auch euch will der Herr segnen, wenn ihr seiner Stimme gehorcht, er will euren Eingang und euren Ausgang segnen – eure ganze Ehe, euer ganzes Leben.

Nachher wird noch das Lied gesungen: »Ach bleib mit deiner Gnade bei uns, Herr Jesu Christ«, wo besonders der Vers wichtig ist: »Ach bleib mit deinem Segen bei uns, du reicher Herr; dein Gnad und alls Vermögen in uns reichlich vermehr.«

Als die Hochzeitsgesellschaft die Kirche verläßt,

sagt Alice Seidenthal zu ihrer Freundin Maria Fröhling: »Ich finde Hochzeiten immer so traurig.«

»Traurig?« wundert sich Micky. »Eine Hochzeit ist doch ein Freudenfest. Hochzeit kommt von Hohe Zeit, und das bedeutet Hochstimmung – Freudenzeit.«

»Ja, weißt du, ich denke dann immer«, fährt Alice fort, »jetzt lieben sie sich, jetzt geben sie sich das Jawort, und nachher ist alles vorbei, und sie gehen auseinander. Ist das nicht schrecklich?«

»Ja, eine Scheidung ist bestimmt schrecklich – besonders für die Kinder«, gibt Micky zu. »Doch wir wollen wünschen und hoffen, daß Rosmarie und Dirk sich immer gut verstehen und daß Gott sie segnet.«

Nach der Trauung zieht die Hochzeitsgesellschaft gleich hinüber in den Gasthof »Zu den Sieben Zwergen«, wo nun das große Hochzeitsessen serviert wird. Die langen Tische sind sehr schön geschmückt mit roten Weihnachtssternen, roten Servietten und roten Kerzen. Als Vorspeise wird ein »Salat Lukullus« angeboten, dann eine »Rumpelstilzchensuppe«.

»Die heißt bestimmt deshalb Rumpelstilzchensuppe, weil keiner weiß, was alles darinnen ist«, scherzt Pfarrer Fröhling.

»Forelle Müllerbursch« wird als nächstes aufgetragen, danach »König Drosselbarts Hochzeitsbraten mit Beilagen«, zuletzt »Eisbombe Goldmarie«. – Nach dem Essen spielt Clara-Marie Fröhling einige sehr schöne Stücke auf dem Klavier vor: den Hochzeitsmarsch aus der Oper »Lohengrin«, »Liebestraum« von Franz Liszt und von Beethoven »Für Elise« und den ersten Teil der »Mondscheinsonate«.

Danach ist der Auftritt von Felizitas Biester und Werner Wigbert Fröhling gekommen. Sie haben sich so passend wie möglich kostümiert, Gesichter,

Hals, Arme und Hände haben sie kräftig mit Nußöl eingerieben. Dadurch sind sie nicht gerade schwarz geworden, aber doch schön dunkelbraun. Wickie trägt grellbunte Bermudashorts und ein knallbuntes Hemd. Fee hat sich von einer etwas älteren Kusine einen langen bunten Rock ausgeliehen, und dazu eine feuerrote Bluse und ein kariertes Kopftuch angelegt. Die Kinder geben die Szene in der afrikanischen Hütte sehr lebendig wieder, und alle haben ihren Spaß daran.

Es folgt das ausgewählte Adventslied:

Auf, auf, ihr Reichsgenossen,
eur König kommt heran!
Empfanget unverdrossen
den großen Wundermann.
Ihr Christen, geht herfür,
laßt uns vor allen Dingen
ihm Hosianna singen
mit heiliger Begier.

Auf, ihr betrübten Herzen,
der König ist gar nah;
hinweg all Angst und Schmerzen,
der Helfer ist schon da.
Seht, wie so mancher Ort
hochtröstlich ist zu nennen,
da wir ihn finden können
im Nachtmahl, Tauf und Wort.

Auf, auf, ihr Vielgeplagten,
der König ist nicht fern.
Seid fröhlich, ihr Verzagten,
dort kommt der Morgenstern.

Der Herr will in der Not
mit reichem Trost euch speisen,
er will euch Hilf' erweisen,
ja dämpfen gar den Tod.

Jetzt sind die kleinen Hochzeitszwerge an der Reihe, die sehr drollig aussehen. Dickie hat keine Schwierigkeiten mit seinem »Sauberkeitsverschen« und überreicht strahlend eine große Flasche »Meister Proper«. Der kleine Arno dagegen kommt in der Aufregung nicht ganz klar mit seinem etwas schwierigen Reim und vereinfacht ihn so:

»Ordnung ist das halbe Leben.
Dieses Brett will ich dir geben.«

Auch Gretel Biester verhaspelt sich, als sie ihren Kochlöffel als Geschenk darbringt:

»Die Küche, ja, die ist mein Reich.
Ich koch' die Suppen zart und weich.«

Das ruft einen Heiterkeitsausbruch hervor; denn hat jemand schon mal eine »harte« Suppe gegessen?

Agnes spricht ein bißchen leise, als sie dem Brautpaar das hübsche Kissen schenkt; desto lauter läutet Hänsel mit seinem »Feierabendglöckchen«. Den Schlußpunkt setzt dann Nils Jörgensen mit seinem »Friedenslicht«.

Nun ist Opa Biester dran mit seinen heiteren Geschichten, auf welche die Kinder schon gespannt warten. Da erzählt er zum Beispiel von einem Schotten, der auf Hochzeitsreise ging. Er war sehr großzügig und kaufte seiner reizenden jungen Frau eine Schachtel Pralinen, aus der er ihr nach und nach fünf Stück Konfekt anbot. Drei Stück waren noch übrig. Als seine Gattin um eine weitere Praline bat, erwiderte er sanft, jedoch bestimmt: »Nein, nein, Liebste, die wollen wir für unsere künftigen Kinderchen aufheben!«

Und wie war die Sache mit Moritz, der seinen Freund Max schon lange nicht mehr gesehen hatte? Plötzlich klingelte es an seiner Wohnungstür, und Max stand vor ihm. – »Wie kommst du denn nach Berlin, Max?« rief Moritz erfreut. – »Tja, weißt du, ich bin nämlich auf der Hochzeitsreise«, erklärte ihm der Freund. »Fein, nicht wahr?« – »Hochzeitsreise?« wunderte sich Moritz. »Ja, wo hast du denn deine

junge Frau?« – »Na ja, die ist halt zu Hause geblieben«, erklärte Max. »Sieh mal, einer muß doch schließlich im Laden sein.«

Auf einer Gesellschaft wurde über das Autofahren gesprochen. Unter den Gästen befand sich auch der bekannte Schauspieler und Schriftsteller Curt Goetz. Eine Dame meinte, man habe festgestellt, daß jetzt rund dreißig Prozent aller Heiratsanträge im Auto gemacht würden. – Curt Goetz nickte und seufzte: »Ich sage es ja immer: das Autofahren wird immer gefährlicher!«

Und dann erzählt Opa Biester noch eine Anekdote über den Naturforscher Charles Darwin. Der stand vor der Entscheidung, einer jungen Dame seiner Bekanntschaft einen Heiratsantrag zu machen. Als Wissenschaftler ging er ganz systematisch vor. Er nahm einen Bogen Papier, teilte ihn durch einen senkrechten Strich und überschrieb die erste Spalte mit »Heiraten«, die zweite mit »Nicht heiraten«. Unter »Heiraten« trug er ein: Kinder, Liebe, ein Heim, Reiz des weiblichen Plauderns, Versorgung des Haushaltes.

In die zweite Spalte schrieb er: Zeitverlust, Störung der abendlichen Lektüre, Zwang zum Geldverdienen, Unfreiheit. – Als er nachdenklich das Geschriebene überblickte, zog er plötzlich einen dicken Strich unter beide Spalten und schrieb darunter: »Es gibt auch glückliche Sklaven.« Dann ging er hin und machte der Dame seines Herzens einen Antrag.

Kaum sind alle Darbietungen beendet, da werden Kuchen und Torten aufgetragen, daß man nur noch Staunen kann über diese Wunderwerke der Backkunst! Mrs. Millicent Horner, die als Gast des Hauses auch an der Hochzeitsfeier teilnimmt und alles einfach wonderful findet, hatte in Haslau eine »dreistöckige« Hochzeitstorte bestellt, oben gekrönt von einem niedlichen kleinen Brautpaar aus Marzipan. Das lebendige Brautpaar soll nun die Torte anschneiden. Dirk Jungkamp stellt sich bei diesem Unternehmen nicht eben geschickt an, doch durch Rosmaries tatkräftige Unterstützung gelingt das schwierige Werk. Das Wasser, das den Gästen bisher, beim Anschauen dieses Meisterstückes, im Mund zusammengelaufen ist, kann nun dazu verwandt werden, die konditorische Köstlichkeit einzuspeicheln!

Wie gut, daß im Gasthof »Zu den Sieben Zwergen« eine Kegelbahn vorhanden ist! Dort können sich die jungen Hochzeitsgäste vergnügen, bis es Zeit wird, sich dankend zu verabschieden und den Heimweg anzutreten.

Ein Abendbrot lehnen die Fröhling-Kinder heute ab. Nur von den Äpfeln, die Annekatt ihnen anbietet, nimmt sich jeder einen. Dann kriechen sie ohne Widerrede ins Bett, einer nach dem andern. Sie wissen, daß es morgen vormittag noch eine Menge zu tun gibt für sie.

In unsrer Kirche stimmt was nicht!

Ja, da geschehen merkwürdige Dinge im Kindergottesdienst in Moosbrügge am 4. Advent! Sonst läuten immer die Glocken und rufen die Kinder herbei. Diesmal steht die Brenda Brigitte auf der Kirchentreppe und schlägt mit einem Klöppel an einen Gong. Was soll das bedeuten? Sind die Glocken kaputt? Sind sie vielleicht vom Turm herabgestürzt und zerbrochen?

Kirchengesangbücher sind heute nirgends zu finden. Dafür liegen auf den Kirchenbänken kleine rote Liederhefte, die mit »Mundorgel« betitelt sind. Werner Wigbert und seine Schwester Maria Michaela verteilen Zettel und Bleistifte an die größeren Kinder, die schon schreiben können. – »Schreibt bitte alles auf, was euch heute auffällt!« sagen sie dazu. »In unserer Kirche stimmt heute nämlich so manches nicht. Die Kleinen, die noch nicht schreiben können, dürfen uns mündlich die Fehler nennen, die sie entdeckt haben.«

Nein, so etwas! Das ist ja noch gar nicht dagewesen. Die Altarstufen sind mit allerlei Früchten garniert – wie beim Erntedankfest. Und dann liegt dort auf den Stufen ein Kranz mit Tannengrün, geschmückt mit einer Schleife. Solche Kränze verwendet man sonst nur bei Beerdigungen. Die Kerzen auf dem Altar sind nicht angezündet. Dafür sind brennende Teelichter im Halbkreis um den Altar aufgestellt. Auf dem Altar steht ein großer Strauß mit Tannengrün, und der ist mit buntbemalten Ostereiern geschmückt! Du liebe Zeit, was soll das alles bloß bedeuten?

Jetzt kommt Frau Fröhling und begrüßt die Kinder so freundlich wie immer. Da kann der kleine Arno nicht länger an sich halten und schreit: »Frau Fröhlich hat zwei verschiedene Schuhe an – einen braunen und einen schwarzen!«

Daraufhin werden auch die vier Pfarrerskinder einer genauen Musterung unterzogen, und was stellen die Kindergottesdienst-Kinder dabei fest? Brenda Brigitte hat ein Sonnenhütchen aufgesetzt. Rainer Richard trägt einen Anorak, der ihm viel zu groß ist; Maria Michaela hat eine Schürze über ihren Mantel gebunden, und Werner Wigbert ist in Hausschuhen erschienen! – »Wir wollen nun das Lied Nr. 20 aus der ›Mundorgel‹ singen«, eröffnet Frau Fröhling den Kindergottesdienst. Und zum Erstaunen der Kinder wird das Lied gesungen: »Der Mond ist aufgegangen.« –

»Steht auf, wir wollen jetzt das Vaterunser sprechen«, sagt Frau Fröhling, und das wird doch eigentlich erst am Ende des Kindergottesdienstes gebetet. Danach stimmt sie an: »Unsern Ausgang segne Gott« – aber der Kindergottesdienst ist doch noch gar nicht zu Ende!

Als Text liest sie heute die Ostergeschichte von der Auferstehung Jesu vor. Die Kollekte für das Patenkind des Moosbrügger Kindergottesdienstes im Libanon wird sonst immer in einem Klingelbeutel eingesammelt; heute wandert ein alter Hut durch die Reihen.

Nachdem die Kinder sich genug gewundert haben, sammeln Werner Wigbert und Maria Michaela die ausgeteilten Zettel wieder ein, und auch die Kleinen dürfen sich zu Wort melden und ihre Beobachtungen einbringen.

Frau Fröhling lächelt die Kinder an und beginnt mit ihren Erklärungen. »Seht, Kinder, in unserer Kirche hat heute manches nicht gestimmt; da war so einiges in Unordnung geraten. Ich freue mich, daß ihr so aufmerksam gewesen seid und es herausgefunden habt. Wir wollen nun wieder Ordnung schaffen, so gut es geht, und das ist ja nicht schwer. – Viel gefährlicher ist es, wenn in unserem Leben etwas in Unordnung geraten ist.« Und nun erzählt sie von Johannes dem Täufer, der in der Wüste lebte und die Leute, die in Scharen zu ihm kamen, ermahnte: »Bringt euer Leben wieder in Ordnung, damit der Heiland, der bald erscheinen wird, bei euch einziehen kann!«

Er predigte so gewaltig, daß die Leute ganz erschrocken wurden und fragten: »Ja, wie sollen wir denn Ordnung schaffen? Was sollen wir denn tun?«

Johannes sagte es ihnen: »Schaut mal im Kleiderschrank nach! Der geht vielleicht gar nicht mehr zu, weil er so voll ist. Dann nehmt was heraus und gebt es den Armen, die nichts anzuziehen haben. Und wie steht's mit der Speisekammer? – Heute würden wir sagen: mit dem Kühlschrank. Quillt der nicht auch über? Dann teilt und gebt den Hungrigen was ab! Schafft Ordnung überall in eurem Leben! Ihr Soldaten, bedroht niemanden, und mißbraucht eure Macht nicht! Ihr Zollbeamten, knüpft den Leuten nicht zuviel Geld ab!«

Und was würde Johannes der Täufer wohl heute zu uns sagen? »Schafft Ordnung in eurem Leben, damit der König bei euch einziehen kann – Ordnung in euren Schränken, Ordnung in euren Geldtäschchen. Ihr Kinder, macht euren Eltern Freude und überlegt, wem ihr sonst noch eine Freude bereiten könntet! Die Weihnachtswoche hat begonnen – auf, schafft Ordnung, denn der König will bei euch einziehen. Im Hause gibt's noch viel zu tun. Vielleicht wartet eure Mutter schon längst auf eure Hilfe. Liegt da nicht noch Spielzeug herum, das ihr nicht mehr braucht? Auf, schafft Ordnung! Und wenn ihr euch gezankt habt – mit euren Geschwistern, mit Freunden oder Nachbarn –, schnell, schafft Ordnung und versöhnt euch! Bedenkt doch: Wenn wir einen so hohen Gast erwarten, muß alles in Ordnung sein.« –

Auf dem Heimweg vom Kindergottesdienst sagt Biggi zu Micky: »Meinst du, daß Annekatt Hilfe braucht, jetzt in der Weihnachtswoche? Ich bin nur leider nicht so tüchtig im Haushalt wie du . . .«

»Wir können sie fragen«, schlägt Micky vor. »Es gibt viele Arbeiten, die nicht schwierig sind: Nüsse mahlen, Mandeln abziehen, Teig rühren, Plätzchen ausstechen.«

Und Maria Sybilla erklärt ihrem Bruder Daniel: »Du, ich glaube, ich sollte mal die Spielzeugkiste aufräumen. Es ist sehr nötig. Man muß Ordnung schaffen.«

Auch Ethelbert ist irgendwie angerührt. Seufzend wendet er sich an Wigbert: »Ob ich mich wohl mehr um meine kleinen Kusinen kümmern sollte? Bisher habe ich sie so ziemlich links liegenlassen.«

»Na ja«, brummt Wigbert, »schaden könnte es nichts. Es schadet nie, wenn man aufräumt und Ordnung schafft im Leben.« – Das sieht Ethelbert ein. Es ist nur so schwer, es auch wirklich zu tun.

Montag nach dem 4. Advent

Wie wäre es mit Adrian?

In der Pause stehen Wigbert und seine Freunde zusammen auf dem Schulhof des Realgymnasiums von Haslau. – »Was sollen wir bloß machen?« fragt Wigbert ratlos. »Es gelingt uns einfach nicht, Frau Millicent Horner zu vergraulen. Sie fürchtet sich vor nichts – nicht mal vor Mäusen!«

Waldo Eberlein, der Sohn des Försters, räuspert sich. »Und wie wäre es mit Adrian? Ihr wißt doch, der Zwerghahn von Herrn Pelkowski. Er kräht sehr laut! Vielleicht würde das die amerikanische Dame stören, wenn sie eine Langschläferin ist . . . Herr Pelkowski ist nett, der verleiht seinen Adrian schon mal.«

»Die jungen Burschen vom Adrian-Fan-Club wollen übrigens demnächst ein Wettkrähen veranstalten«, erzählt Jens Jörgensen. »Ja, Wickie, du solltest dich bei Fee Biester erkundigen, ob Frau Horner allergisch auf Hähne reagiert!«

Wigbert blickt seinen Freund Jens zweifelnd an. »Und wenn nicht? Wenn sie nicht reagiert?« Seine Hoffnungen auf eine Lösung dieses Problems sind so ziemlich auf den Nullpunkt herabgesunken.

»Hm«, überlegt Jens, »ja, dann müßte sich Dani Henderson mal an seinen Onkel Ted in Amerika wenden. Der kennt die Frau Horner und weiß vielleicht, wie ihr beizukommen ist.«

Wigbert läßt nichts unversucht. Er begibt sich zum Gasthof »Zu den Sieben Zwergen« und unterhält sich mit Fee Biester. Die winkt sogleich ab. »Nein, mit Hähnen kann man Frau Horner nicht vergraulen. Sie findet alle ländlichen Geräusche wonderful! Die genießt es geradezu, auf einem Dorf zu leben.«

Während die beiden Kinder noch miteinander reden, kommt Millicent Horner in die Gaststube gesegelt, elegant und schön bemalt wie ein Bild. Sie erzählt den Kindern, daß sie in zwei Tagen – also am Mittwoch – nach Würzburg zu fahren gedenke, um dort ihren Sohn Freddy abzuholen. – »Do you know the way to Würzburg?« wendet sie sich an Wigbert.

O ja, Wigbert kennt den Weg nach Würzburg wohl,

er ist schon dort gewesen. Das findet Frau Horner wonderful. Sie betrachtet den hübschen Pfarrersbuben mit sichtlichem Wohlgefallen, und sie bittet ihn herzlich, doch mitzufahren und ihr den Weg zu zeigen. Ihr Leihwagen ist groß genug, Danny (so nennt sie den Daniel) und Billie haben auch noch Platz darin. Aber die sind noch klein, die wissen den Weg nicht, und sie können auch kein Englisch. Wigbert erklärt, daß er zuerst seine Eltern fragen müsse, und das kann Frau Horner gut verstehen.

Die Eltern Fröhling haben nichts einzuwenden gegen den Vorschlag der Frau Horner. In der Schule ist jetzt nicht mehr viel los, so kurz vor den Weihnachtsferien. Am frühen Nachmittag soll die Fahrt beginnen. –

»Immer der Wickie!« murrt Brenda Brigitte. »Tante Loni Schöllhorn, die Zweitoma von Jens und Nils, hatte auch einen Narren an ihm gefressen. Der wird immer bevorzugt. Das finde ich einfach ungerecht!«

»Sie mögen ihn alle, weil er so hübsch ist und ein liebenswürdiges Wesen hat«, stellt Maria Michaela neidlos fest. Auch sie hat ihren älteren Bruder sehr gern! »Mit dir könnte sie doch gar nichts anfangen, Biggi, denn du kannst ja noch kein Englisch.« –

Damit muß sich Brenda Brigitte zufriedengeben, und sie knirscht nur noch ganz in der Stille vor Ärger mit den Zähnen.

Wo ist Ilse?

Wigbert hatte auf einen ruhigen Dienstagnachmittag gehofft. Er wollte Kräfte sammeln für die Reise nach Würzburg. Außerdem studierte er eifrig die Autokarte, die sein Vater ihm ausgeliehen hatte. »Auf eine solche Fahrt muß man sich gründlich vorbereiten«, sagte er sich. »Für alle Fälle nehme ich auch noch mein englisches Wörterbuch mit. Dann bin ich gut gerüstet.«

Doch mitten in seine Vorbereitungen platzt ihm der Ethelbert Littmeyer herein. »Der hat mir gerade noch gefehlt!« denkt Wigbert ärgerlich. »Heute ist doch nicht einmal Samstag!«

Ethelbert sieht blaß und verstört aus und scheint sehr aufgeregt zu sein. »Ilse!« keucht er. »Meine Kusine Ilse! Sie ist weg!«

»Weg?« wiederholt Wigbert verwundert. »Wieso weg? Sie kann doch schießlich nicht einfach aus Moosbrügge verschwunden sein!« – »Doch! Ist sie!« stöhnt Ethelbert.

»Nun erzähl mal hübsch ordentlich der Reihe nach!« fordert ihn sein Klassenkamerad auf.

»Na ja«, fängt Ethelbert an und japst nach Luft, denn er war sehr schnell gelaufen, »meine Mutter ist nach Haslau gefahren, um Einkäufe zu machen, und Lore spielt mit der Katze Bessy, und ich sitze friedlich über meinen Schulaufgaben. Da fragt mich Ilse, ob sie ein bißchen spazierengehen dürfe. Meine Mutter erlaubt es ihr immer. Darum habe ich es ihr auch erlaubt. Und ich habe auch gesagt: ›Geh nicht weit weg!‹

Dann ist sie gegangen. Ich habe meine Aufgaben beendet, und Lore hat zur Abwechslung ihre Puppen hervorgeholt, und wir haben auf Ilse gewartet, aber sie ist nicht gekommen. Wir sind ums Haus herumgewandert und ein Stückchen die Straße hinauf und ein Stückchen die Straße hinunter, und wir haben laut gerufen: ›Ilse, Ilse!‹ – Doch sie hat sich nicht gemeldet, und wir haben sie nirgends gesehen. Da ist es uns ganz mulmig geworden, denn jetzt ist es schon fast dunkel. Wir haben bei Frau Döppenschmidt in der Nachbarschaft nachgefragt. Die hat Ilse auch nicht gesehen.

Da habe ich Lore bei ihr gelassen, damit die mir nicht auch noch abhanden kommt, und habe die ganze Umgebung abgeklappert und immerfort gerufen, aber es war alles umsonst: keine Antwort, kein Lebenszeichen. Und nun hab' ich's mit der Angst zu tun gekriegt. Wo kann sie denn bloß hingekommen sein?«

Wigbert denkt scharf nach. »Sie könnte zum Beispiel in den Wald gelaufen sein und sich womöglich dort verirrt haben. Wie du weißt, liegt das Forsthaus nicht sehr weit von euch entfernt. Und gleich hinter dem Forsthaus biegt der Weg nach Wildenbach in den Wald ein.«

Ethelbert wird aschfahl im Gesicht. »Dann – dann ist sie bestimmt ermordet worden.« –

Wigbert redet beruhigend auf seinen Klassenkameraden ein. »Nun mach mal 'nen Punkt, Ethelbert, und spinn dir nicht irgendwas zurecht! Sie kann sich verlaufen haben – das kann jedem passieren –, denn sie ist ja noch klein und kennt sich hier in unserm Wald nicht aus. Deswegen braucht man doch nicht gleich an Mord zu denken!«

»Aber es hat in der Zeitung gestanden«, flüstert

Ethelbert mit schlotternden Gliedern. »In der Gegend von Meiningen – und das ist ja nicht weit von hier entfernt – hat man einen Sittenstrolch beobachtet, der kleinen Mädchen auflauert und sich an sie heranmacht. Und dann weißt man doch, wie es geht: Wenn das Kind schreit und sich wehrt, dann bringt er es um.«

Wigbert bemüht sich, seinen Klassenkameraden zu beschwichtigen: »Man muß nicht alles glauben, was einem die Zeitungen so unter die Nase reiben. Selbst wenn deine Kusine ein Stück weit in den Wald hineingelaufen wäre, so bedeutet das noch lange nicht, daß man sie dort umgebracht hat.«

»Du verstehst das nicht, Wickie«, ächzt Ethelbert. Die Verzweiflung lodert ihm aus den Augen. »Es ist ganz allein meine eigene Schuld. Gott straft mich jetzt, weil ich nicht nett gewesen bin zu meinen Kusinen und zu Onkel Eduard. Ich war eifersüchtig und wollte meine Mutter ganz für mich allein haben. Dafür werde ich jetzt bestraft. Und wenn Ilse etwas passiert ist, dann kann ich in meinem ganzen Leben nie mehr froh werden. Bitte, Wickie, bitte, hilf mir doch! Deine Mutter hat gesagt, daß wir mit all unsern Sorgen und Ängsten zu Gott kommen dürfen, weil er uns liebt – wie ein richtiger Vater. Wir müssen jetzt beten, daß er Ilse beschützt, damit ihr nichts geschieht. Und wenn wir sie gesund wiederfinden, dann bin ich zu allem bereit – du bist mein Zeuge, daß ich's bin, Wickie.«

Wigbert räuspert sich. Am liebsten würde er schnell seine Schwester Maria Michaela rufen. Sie ist geübter und erfahrener im Beten als er. Doch Ethelbert ist in großer Not, das sieht man, und er braucht schnelle Hilfe. Deshalb muß der Pfarrerssohn Werner Wigbert tun, was er kann. Also bittet er den Vater im Himmel mit schlichten Worten, daß er Ilse beschützen möchte, wo immer sie sich jetzt befindet, und daß sie recht bald aufgefunden werden möge. –

Ethelbert überlegt gerade, ob man wohl schon die Polizei einschalten sollte, als Biggi hereinspaziert kommt. Als sie das Wort »Polizei« hört, spitzt sie die Öhrchen und gibt natürlich keine Ruhe, bis sie über die Geschehnisse unterrichtet worden ist. »Wir brauchen vorläufig noch keine Polizei«, erklärt sie daraufhin. »Was wir jetzt brauchen, ist ein Hund. Der muß Ilses Spur aufnehmen. Ist doch klar, daß sie sich im Wald verlaufen hat; wie Hänsel und Gretel; es wird so schnell dunkel, und dann hat sie nicht mehr herausgefunden aus dem Wald. Halt! Wartet mal! Ich hab's! Wir suchen Förster Eberlein auf und holen seinen Seppl. Dieser Dackel ist zwar nicht mehr jung, aber er hat eine ausgezeichnete Spürnase.«

Biggis Idee ist nicht schlecht, finden die Jungen. – »Wir gehen erst mal zu dir nach Hause, Ethelbert«, schlägt Wigbert vor. »Einer muß dort bleiben, falls das Telefon läutet oder falls Ilse doch noch zurückfindet.«

Ethelbert nickt. »Gut, das mach' ich. Du und Biggi, ihr beide könnt dann zu Förster Eberlein laufen.«

Und kaum sind sie bei Littmeyers angelangt, da klingelt schon das Telefon. Na hört, wer meldet sich da? Kein anderer als Förster Eberlein persönlich. Und er hat eine gute Nachricht: die kleine Ilse Lindow ist wieder da! Ein Waldarbeiter hat sie im Wald gefunden und zu Förster Eberlein gebracht. Wigbert stürmt sofort los, um sie nach Hause zu bringen, während Biggi zu Frau Döppenschmidt eilt, um Lore abzuholen. Gerade haben sich alle bei Littmeyers versammelt, da kehrt auch Frau Littmeyer nach Hause zurück.

Frau Littmeyer schüttelt den Kopf. Sie kann es noch gar nicht richtig fassen. Dann wendet sie sich an die

Ausreißerin: »Aber Ilselein, was ist dir denn bloß eingefallen, ganz allein in den großen Wald zu laufen?«

Das kleine Mädchen schaut ihre Tante unschuldig lächelnd an. »Ich wollte so gerne mal das Christkind sehen!« –

»Das Christkind? Da draußen im Walde?« wundert sich Frau Littmeyer.

»Ja!« nickt Ilse. »Du hast es uns doch gestern abend vorgelesen, Tante Lenore! Es war ein Gedicht. Ich fand es sehr hübsch. Da kam das Christkind aus dem Wald, mit einem Mützchen voll Schnee, mit einem

gefrorenen Näschen und mit einem großen Sack, der zugebunden war und nach Äpfeln und Nüssen roch.«

»Ach du meine Güte!« ruft Frau Littmeyer und murmelt vor sich hin:

»Denkt euch – ich habe das Christkind gesehn!
Es kam aus dem Walde,
das Mützchen voll Schnee,
mit gefrorenem Näschen,
die kleinen Hände taten ihm weh;
denn es trug einen Sack,
der war gar schwer,
schleppte und polterte hinter ihm her . . .

Wer hätte wohl gedacht, daß du, Ilselein, dieses hübsche kleine Gedicht von Anna Ritter für bare Münze nehmen würdest? Weißt du, es ist mit den Gedichten oft wie mit den Märchen: Sie spielen im Reich der Phantasie und nicht im Reich der Wirklichkeit. Auf euch Kleine kann man gar nicht scharf genug aufpassen. In Zukunft lassen wir dich nicht mehr alleine losziehen.«

»Nein, bestimmt nicht«, fügt Ethelbert mit Nachdruck hinzu, und darüber wundert sich Frau Littmeyer. Bisher schien ihm nicht sehr viel an seinen Kusinen zu liegen . . . –

Werner Wigbert verabschiedet sich, doch ehe er daheim schlafen geht, spricht er mit seinem Vater noch einmal gründich die Fahrtroute nach Würzburg durch anhand der Autokarte. Morgen soll alles klappen, da darf nichts schiefgehen. Steht nicht die Ehre der Familie Fröhling, deren Vertreter Werner Wigbert diesmal ist, auf dem Spiel?

Mittwoch nach dem 4. Advent

Die Reise nach Würzburg

Als Mrs. Horner am Mittwoch vor dem Pfarrhaus vorfährt, hat sie nicht nur Daniel und Maria Sybilla in ihrem Wagen mitgebracht, sondern auch Herrn Henderson. Er berichtet Wigbert, daß Freddy Horner heute vormittag angerufen hätte. Der junge Herr Horner hätte seiner Mutter genau beschrieben, wo sie den Wagen parken sollte, sowie die Lage der Cafés in der Altstadt, wo sie sich treffen wollten.

Vater Fröhling besitzt sogar einen Stadtplan von Würzburg. Den holt er jetzt hervor, und gemeinsam wird die Lage vom Parkplatz und Café ausgemacht und eingezeichnet. Millicent Horner ist heiter und unbeschwert, wie es ihre Art ist, und sie lächelt ein wenig über diese gründlichen Deutschen, die alles genau festlegen müssen und zu denen ihr geliebter Freddy sich auch schon zu zählen scheint.

Endlich geht die Reise los, und dank der guten Vorbereitung verläuft alles wie geschmiert, ja, sogar fast ohne Staus. Wickie sitzt vorne neben Frau Horner, hält die Straßenkarte auf den Knien und paßt auf wie ein Luchs. – Als sie sich dem Stadtgebiet nähern, tauscht er die Straßenkarte gegen den Stadtplan aus. Ja, innerhalb der Stadt, im Gewirr der Straßen und Gäßchen, ist es viel schwieriger, sich zu orientieren. Aber schließlich haben sie doch den richtigen Parkplatz gefunden, und zu Fuß kommt man dann mit Hilfe des Stadtplans ganz gut voran.

Freddy Horner erwartet sie schon in dem Café und

hat einen großen Tisch für fünf Personen reserviert. Er sieht seiner Mutter nicht sehr ähnlich. Sie ist groß und stattlich, hat goldblonde Locken und strahlend blaue Augen. Ihr Sohn ist auch groß, aber schmal, hat dunkles, glattes Haar und große, dunkle, sanfte, träumerische Augen. Zum Glück spricht er schon recht gut Deutsch und kann nun den Dolmetscher spielen. Er hat eine wohlklingende, freundliche Stimme und zurückhaltende Gesten. Die Kinder finden ihn auf Anhieb sympathisch.

Mit einem verlegenen, liebenswerten Lächeln erklärt er den Kindern, daß er hier in Deutschland nicht länger Charles Frederick und auch nicht Freddy genannt zu werden wünsche, sondern statt dessen Carl Friedrich.

Als er den erstaunten und leicht verwirrten Blick seiner Mutter auffängt, fährt er mit leiser, geheimnisvoller Stimme fort: »Ja, stellt euch nur vor, meine Ahnenforschungen sind von Erfolg gekrönt gewesen. Ich hab's ja immer geahnt: Die Horners stammen hier aus der Gegend von Würzburg! Und einer meiner ehrenwerten Vorfahren war sogar Kapellmeister beim Fürstbischof von Würzburg. Er hieß zwar nicht Carl Friedrich, sondern Carl Georg. Ich bin unendlich stolz auf ihn!«

Mrs. Horner schaut ein wenig verblüfft und auch ein wenig ungehalten drein. Als der wohlhabende und angesehene Mr. William Horner um ihre Hand anhielt, hatte sie keine Ahnung davon, daß seine Ahnen aus Deutschland stammten, und von der Existenz eines Ortes namens Würzburg hatte sie nicht den zartesten Schimmer. Es kommt alles sehr überraschend für sie, die ihre Familie immer für »erzamerikanisch« gehalten hat!

Inzwischen haben die Erwachsenen ihren Kaffee gekriegt und die Kinder eine große Tasse köstlicher Schokolade mit einem Sahnehäubchen. Torten hat sich jeder an der Kuchentheke ausgesucht, und diese Herrlichkeiten der Konditorkunst geben Millicent Horner ihr seelisches Gleichgewicht zurück. Muß eine Stadt, die solche Meisterwerke hervorbringt, nicht etwas Besonderes sein?

Noch weiß sie nicht viel über Würzburg, doch ihr Sohn erzählt ihr ganze Romane über diese herrliche Stadt am Main, der durch den Krieg schreckliche Wunden geschlagen wurden und die doch immer noch so viel Schönes aufzuweisen hat. –

Mrs. Horner erkundigt sich nach dem Alter der Stadt. Sie weiß, daß die deutschen Städte für gewöhnlich viel älter sind als die amerikanischen. Amerika wurde ja erst 1492 von Columbus entdeckt. Vorher gab es in Nordamerika keine Städte. Das weite Land wurde nur von einzelnen Indianerstämmen bewohnt, die als Jäger das Land durchstreiften.

»Zuerst war hier nur eine Burg, die das Tal beherrschte«, berichtet Carl Friedrich. »Sie wurde später ›Marienburg‹ genannt und nach und nach zur Festung ausgebaut. In ihrem Schutz gründete Bischof Burkhard 741 das erste Kloster. Noch seht ihr sie dort in stolzer Höhe thronen am linken Mainufer. Bis ins 18. Jahrhundert hinein hat man immer noch an ihr gebaut und die Festungsanlagen verbessert. Heute beherbergt sie das Mainfränkische Museum mit vielen Kunstschätzen. Besonders wertvoll sind die Plastiken von Tilman Riemenschneider.

Ich würde euch gerne durch das Museum führen, doch das schaffen wir wohl heut nicht mehr. Es wäre auch zu ermüdend für die Kinder. Wir wollen trotzdem

kurz hinauffahren, um die Aussicht von dort oben zu bewundern über das Tal und über die Stadt, und um uns die Wallfahrtskapelle ›Käppele‹, in der Nachbarschaft der Marienfeste und von herrlichen Bäumen umgeben, anzuschauen. Du mußt noch oft hierherkommen, Mum, denn Würzburg hat so viel Schönes zu bieten, daß man bei einem Besuch gar nicht alles in sich aufnehmen kann. – Die Stadt Würzburg selbst entwickelte sich am rechten Mainufer und erhielt ihre Stadtrechte im Jahre 1030. Mittelalter und Barock haben das Stadtbild geprägt.«

Carl Friedrichs Mutter gesteht, daß sie nur wenig Ahnung hätte von den verschiedenen Baustilen und Bauepochen, »denn bei uns in Amerika ist eben alles anders!«

Der junge Herr Horner lächelt nachsichtig. »Was ›Barock‹ ist, das werde ich euch gleich zeigen! Wir besichtigen jetzt die Residenz, das ist das Schloß der Fürstbischöfe von Würzburg. Sein Erbauer ist der berühmte Baumeister Balthasar Neumann. Es entstand im 18. Jahrundert, 1719 bis 1745.«

»Oh, a castle!« ruft Frau Horner entzückt. Für Schlösser begeistert sie sich; vielleicht deshalb, weil es in Amerika keine alten Burgen und Schlösser gibt? Sie findet die Residenz von Würzburg eines Königs würdig, jedoch etwas zu prachtvoll für einen Bischof. Ihr Sohn erklärt ihr, daß die Bischöfe früher geistliche und weltliche Macht in sich vereinten und deshalb auch wie weltliche Herren residierten. Da schüttelt Millicent Horner den Kopf. Das erscheint ihr nicht gut. Doch sie beruhigt sich bald – heute ist das nicht mehr so, heute übt ein Bischof keine weltliche Macht mehr aus.

Ein Kunststudent führt die Besucher durch die Residenz. Man merkt es ihm an, wie begeistert er selber ist von diesem Kunstwerk. Aus der dämmerigen Eingangshalle führt der Treppenlauf nach oben in das helle Obergeschoß. Der Treppenhausraum ist einfach gewaltig! Er wird überspannt von einem Deckengemälde des venezianischen Freskomalers Giovanni Battista Tiepolo.

»Dieses Deckengemälde hat die Ausmaße – die Größe und die Tiefe – eines Schwimmbades«, erläutert der Führer. »In der Mitte sehen Sie den griechischen Gott Apoll, der auf dem Olymp, dem Berg der Götter, thront. An den Rändern sind die Erdteile dargestellt. Auf der Seite Europas hat der Maler sich selbst, den Baumeister Neumann, den Bildhauer von der Auwera und den Fürstbischof von Greiffenklau im Bilde festgehalten. – Es ist ein Wunder, daß uns dieses herrliche Deckengemälde erhalten geblieben ist, denn auch die Residenz wurde schwer getroffen bei dem Bombenangriff am 16. März 1945. Auf dem rechten und auf dem linken Flügel des Bauwerks wütete das Feuer, und wie leicht hätte da die Decke mit dem unersetzlichen Gemälde von Tiepolo unter der Gluthitze bersten können!«

»What a shame!« murmelt Mrs. Horner, und damit

meint sie, daß es eine Schande ist, solche Kunstwerke durch Bomben zu zerstören. –

Vom Treppenhaus gelangt man in den »Weißen Saal« und schließlich in den Kaisersaal. Das ist ein Festsaal von strahlender Schönheit, mit Stukkaturen, Stuckmarmor, Spiegeln und Fresken von Tiepolo. Auf diesen Gemälden schildert der Maler die Brautfahrt der Beatrice von Burgund und ihre Vermählung mit Kaiser Friedrich Barbarossa.

Mrs. Horner ist begeistert von der Residenz, und sie begreift nun allmählich, warum ihr Sohn sich bis über beide Ohren verliebt hat in die schöne Stadt am Main.

Carl Friedrich kann es nicht lassen, er muß den Besuchern auch noch das »Haus zum Falken« von 1735 zeigen mit seiner unübertroffen prächtigen Stuckfassade. – Zuletzt fahren sie noch hinauf zur Festung Marienburg und zur Wallfahrtskirche Käppele mit ihren geschweiften Dachhauben. Auch diese Kirche wurde nach den Plänen Balthasar Neumanns geschaffen. – Von hier oben haben die Besucher einen herrlichen Blick auf den Fluß und auf die Stadt und bis weit ins Land hinein.

»Die Bischöfe von Würzburg hatten auch noch eine Sommerresidenz«, verrät Carl Friedrich. »Sie liegt ein Stückchen mainabwärts. Dieses Schloß Veitshöchheim ist vielleicht nichts Außergewöhnliches, doch der Park, der es umgibt, ist wunderschön. Es ist ein Garten französischen Stils mit abgezirkelten Wegen, Wasserflächen, beschnittenen Hecken und vielen Plastiken. Im Sommer mußt du ihn anschauen, Mum, unbedingt!« –

Der Musikstudent kann gar nicht aufhören mit dem Erzählen, er schwärmt von all den romantischen, malerischen Städtchen in Deutschland und besonders im Frankenland. Ein Stück mainaufwärts liegt zum Beispiel das Städtchen Sommerhausen. Dort hat der Regisseur und Schauspieler Veit Relin in einem alten Torturm ein kleines, aber berühmtes Theater eingerichtet. Die Zuschauer sitzen auf Treppenstufen, die mit Kissen belegt sind, und direkt vor ihnen spielen die Schauspieler auf einer kleinen Bühne. – Ach ja, soll man sich darüber wundern, daß die Künste blühen und gedeihen in einer so herrlichen Landschaft, daß die Menschen hier von der Muse geküßt werden?

Maria Sybilla Henderson hat aufmerksam die Öhrchen gespitzt; jetzt fragt sie neugierig: »Was ist das für eine Dame, die hier die Menschen küßt?«

Carl Friedrich lächelt sie freundlich an. »Bei den alten Griechen war die Muse die Göttin der Künste. Es ist solch eine Redensart, wenn man sagen will, daß jemand mit künstlerischen Gaben beschenkt worden ist. Auch deine Eltern sind ja – wie ich gehört habe – künstlerisch tätig. Euer Vater ist Baumeister, nicht wahr?«

Daniel nickt. »Und unsere Mutter ist Innenarchitektin. Sie richtet die Wohnungen ein und schmückt sie schön aus. Ich bin nach Daniel Pöppelmann benannt worden. Der war auch ein berühmter Baumeister – wie Balthasar Neumann – und muß ungefähr zur gleichen Zeit gelebt haben. Meine Schwester trägt die Namen einer bekannten Malerin.«

Ehe die Besucher Würzburg verlassen, kauft Frau Horner noch eine große Schachtel voll leckerer Törtchen und allerlei Weihnachtsnaschereien – für die Fröhling-Kinder. – Auf der Heimfahrt lenkt Carl Friedrich den Wagen, und seine Mutter sitzt neben ihm. Die drei Kinder haben noch genug Platz auf dem Rücksitz.

Werner Wigbert unterhält die ganze Gesellschaft mit spannenden Räubergeschichten. Er erzählt die Geschichte vom »Wirtshaus im Spessart« und berichtet auch allerlei vom »Schinderhannes«, der aber mehr im Rheinland von sich reden gemacht hat als Anführer einer großen Räuberbande. Das war zur Zeit der Französischen Revolution. Er soll 1803 in Mainz enthauptet worden sein.

Als die Reisegesellschaft in Moosbrügge eintrifft, ist es längst dunkel. – Biggi kommt nicht dazu, sich über ihren Bruder Wickie zu ärgern, der immer Glück hat und bevorzugt wird: besagter Bruder stopft ihr den Mund voll mit lauter Leckereien, welche die großzügige und furchtlose Amerikanerin spendiert hat. – »Eigentlich ist sie recht nett«, sinniert Maria Michaela und nimmt sich noch ein Törtchen.

»Aber ihren Sohn – den finde ich noch netter«, fügt Wickie hinzu. »Er fühlt sich schon fast als Deutscher. Einer seiner Vorfahren ist Kapellmeister beim Fürstbischof von Würzburg gewesen.« – Über diese Enthüllungen staunen die Fröhlings nicht wenig! –

Donnerstag nach dem 4. Advent

Unverhoffter Besuch

Die Schulferien haben begonnen. Da sind die Seidenthals gleich wieder in ihr Ferienhaus gefahren. Alice Seidenthal kommt am Donnerstag abend angelaufen und erzählt ihrer Freundin Maria, daß sie unverhofften Besuch bekommen hätten.

»Es ist Tante Bettina, die Schwester meines Vaters«, vertraut sie ihrer Freundin an. »Ihr Mann hat einen richtigen Gutshof – stell dir mal vor! Sie ist also eine Gutsfrau – und das ist sie mit Begeisterung. Ihr Gut liegt irgendwo im Sauerland. Wir haben sie bisher leider nicht oft gesehen. Es ist sehr weit bis dorthin. Im Frühling, im Sommer und im Herbst kann sie auch kaum mal weg, da gibt es zuviel Arbeit auf dem Gutshof; höchstens mal im Winter. Jetzt will sie den Heiligen Abend bei uns in Moosbrügge feiern, und den ersten Feiertag wollen wir mit Papa in Würzburg verbringen. Und dann – denk nur, Maria! – dann nimmt sie uns für den Rest der Weihnachtsferien mit zu sich nach Hause. Auf den Gutshof!

Agnes ist außer sich vor Freude. Ein richtiger Gutshof mit Kühen und Pferden und Schweinen und Hühnern und Gänsen – da ist Agnes einfach glückselig! Wir andern natürlich auch; sogar Arno. Mama wollte ihn überreden, bei ihr und Onkel Max zu bleiben, aber er wollte lieber mit zu Tante Bettina. Sie ist auch riesig nett. Tante Bettina hat selber vier Kinder. Die sind jetzt schon groß. Sie hat ja viel früher geheiratet als Papa.

Nur ihre jüngste Tochter geht noch zur Schule; sie wird nächstes Jahr ihr Abitur machen und dann studieren. Was sagst du nun, Maria?«

»Oh, ich freu' mich – ich freu' mich sehr mit dir – mit euch allen«, versichert Maria Michaela. »Jetzt könnt ihr Bessy immer bei euch haben.«

»Das versteht sich!« lächelt Alice. »Vielleicht dürfen wir sogar reiten lernen – wer weiß! Unsere Vettern und Kusinen können alle reiten. Tschüüüs, Maria! Jetzt muß ich nach Hause zurück. Es ist ja schon ziemlich spät. Am Heiligabend komm' ich aber bestimmt noch mal vorbei, um dir ein frohes Weihnachtsfest zu wünschen.«

Die Fröhlings hatten nicht gedacht, daß sich an diesem Abend noch ein Besucher im Pfarrhaus melden würde. Es ist Carl Friedrich Horner. Er wird freundlich empfangen. Werner Wigbert hat ja viel Gutes über ihn erzählt. Der junge Musikstudent freut sich, die ganze Pfarrersfamilie kennenzulernen.

Als er dann im Eßzimmer das Klavier erblickt – ein kostbares Steinway-Instrument – und als er hört, daß die Pfarrfrau Musik studiert hat und Klavierunterricht erteilt, ist er nicht mehr zu halten. »Kommen Sie!« ruft er Frau Fröhling zu, »spielen wir!« – Sie legt die Noten auf von Richard Eilenbergs »Petersburger Schlittenfahrt«, und schon geht es los, daß die Zuhörer nur so staunen.

»Dürfen wir zu Ihnen kommen?« fragt Herr Horner eindringlich. »Übermorgen? Am 24. Dezember? Ein Heiliger Abend ohne Musik – das kann ich mir gar nicht vorstellen. Die Hendersons sind sehr nett, und sie haben ein wunderschönes Haus, aber sie sind nicht musikalisch, da gibt es kein Instrument.«

»Doch«, meldet sich hier Biggi zu Wort, »sie haben

einen CD-Player und viele CDs. Billie hat es mir gesagt.«

»Das ist nicht dasselbe«, erklärt ihr der Musikstudent lächelnd. »Es ist wie Essen aus der Konservendose. Ich brauche mehr! Ach ja, da fällt es mir wieder ein, weshalb ich hergekommen bin. Ich soll Sie alle im Namen meiner Mutter für morgen zum Mittagessen einladen in den Gasthof ›Zu den Sieben Zwergen‹. Meine Mutter nennt ihn immer ›The funny Inn‹, das heißt: Das ulkige Gasthaus.«

Fröhlings nehmen die freundliche Einladung dankend an. Nur Annekatt, die auch eingeladen ist, lehnt ab: Sie hat noch viel zu tun und möchte lieber zu Hause bleiben. Es wird beschlossen, daß die Horners am Heiligen Abend zuerst mit den Hendersons feiern werden und sich dann später zum Musizieren im Pfarrhaus einstellen.

Carl Friedrich hat's erfaßt

Millicent Horner hat einen großen Tisch bestellt im Gasthof »Zu den Sieben Zwergen« für ein ganzes Dutzend Leute; präzise ausgedrückt sind es drei Familien: die Horners, die Hendersons und die Fröhlings. Mrs. Horner hat das »Nikolaus-Menü« ausgewählt und schwelgt schon in Vorfreude, denn kein Gast weiß genau, welche Gaumenfreuden sich hinter diesem verheißungsvollen Namen verbergen.

Das Essen beginnt mit einer Brotsuppe mit viel Rosinen, Mandeln und Preiselbeeren. Frau Horner erklärt, daß sie in ganz Amerika noch keine solche Suppe gekostet hätte. Als Hauptgericht wird eine Weihnachtsgans serviert mit Rotkraut und Kartoffelknödeln. Tante Milly, die in blendender Laune ist, erzählt, daß in Amerika nicht die Gans, sondern der Truthahn zum traditionellen Weihnachtsessen gehört. Doch auch die deutsche Gans mundet ihr vorzüglich, und sie lobt den Rotkohl, der seine besondere Note erhalten hat durch viele Äpfel, einen Schuß Himbeersaft und gemahlene Nelken. An die Kartoffelklöße wagt sie sich nur mit Vorsicht heran. Dieses Gericht erscheint nämlich nicht auf amerikanischen Speisezetteln. Sie findet es nicht übel, wenn auch ungewohnt, während ihr Sohn lachend sagt, ihm sei es schon längst vertraut, in Würzburg stünde es in sämtlichen Lokalen auf der Speisekarte.

Die fröhliche Tischrunde ist beim Nachtisch angelangt und schleckt gerade Nußcreme mit Apfelkompott, als Mrs. Horner aufstrahlt wie eine Weihnachtskerze, das Wort ergreift und feierlich verkündet, sie hielte es nicht länger aus, sie hätte nämlich eine große Weihnachtsüberraschung bereitliegen für ihren Sohn. – »Du brauchst ein Heim in Deutschland«, behauptet sie. »Darum werde ich Hendersons Märchenhaus kaufen und es dir zu Weihnachten schenken, Charl Fredrik.« Mit der deutschen Fassung seines Namens kommt sie noch nicht ganz zurecht.

Die Hendersons und die Fröhlings halten den Atem an. Der junge Musikstudent macht ein völlig verblüfftes Gesicht. Er schaut Daniel Henderson an, der die Stirn gerunzelt hat und finster vor sich hinstarrt, während seine Schwester aussieht, als wolle sie jeden Augenblick in Tränen ausbrechen und einen gehörigen »Aprilschauer« herniederprasseln lassen.

»Aber Mum!« ruft er da. »Bist du sicher, daß Hendersons ihr Haus überhaupt verkaufen wollen?«

Mit lebhaften Gesten bemüht sich Frau Horner, ihrem Sohn auseinanderzusetzen, daß es der Beruf von Herrn Henderson sei, alte Häuser zu kaufen, zu renovieren und wieder zu verkaufen. –

»Sie haben recht, Herr Horner«, wendet sich da Frau Henderson an Mr. Horner, »ja, Sie haben die Lage richtig erfaßt. Meine Kinder hängen an dem Haus. Sie sind die Umzieherei leid und möchten es nicht wieder hergeben.«

»Dann ist die Sache ja klar«, lächelt Carl Friedrich. »Wir wollen diesen Kindern doch nicht ihr Heim wegnehmen – nicht wahr, Mummy?« –

»Nein«, erwidert Frau Horner und bemüht sich tapfer, ihre Enttäuschung zu überwinden.

»Falls Sie das wünschen, kann ich mich gerne nach einem anderen passenden Gebäude für Sie umsehen«, schlägt Herr Henderson liebenswürdig vor. »Es werden immer interessante Objekte angeboten.«

»Wir bitten darum«, sagt Herr Horner, und seine Mutter nickt.

Herr Fröhling wechselt nun das Thema und erzählt von dem Basar, der am 4. Advent vor einem Jahr in diesem Gasthof veranstaltet wurde für den kranken Frank Hartung und von dem Puppenspiel, das Wigbert und Fee Biester damals aufgeführt haben. Davon möchten die Horners und die Hendersons noch mehr hören, und Wigbert muß die Geschichte des Esels Ela noch einmal aus seinem Gedächtnis hervorkramen, der nur ein armer, kleiner, mißachteter Esel war und dann doch Maria und das Jesuskind tragen durfte.

Millicent Horner hört begeistert zu. Wigbert spricht langsam und deutlich und unterstreicht seine Worte mit Gesten, so kann sie fast jedes Wort verstehen. »I like Wickie!« ruft sie aus, und dann äußert sie den Wunsch, den Pfarrerssohn für ein Jahr mitzunehmen nach Amerika, damit sie nicht so allein sein müßte. Er könnte dort perfekt Englisch lernen, und das wäre doch ein großer Vorteil für sein Leben.

Die Eltern Fröhling brauchen nicht lange zu überlegen. Sie bedanken sich höflich, und Vater Fröhling meint: »Vielleicht später einmal. Jetzt ist unser Sohn noch zu jung. Wir möchten ihn noch zu Hause behalten, und es wäre auch nicht gut für ihn, jetzt die Schule zu wechseln.«

Mrs. Horner seufzt: Sie hätte heute wohl »bad luck« (Pech). Doch da widerspricht ihr Sohn: Das gäbe es nicht, denn morgen sei ja der 24. Dezember, und das bedeute Freude, lauter Freude. Sogleich fängt er an zu singen mit seiner schönen Baritonstimme: »Fröhlich soll mein Herze springen, dieser Zeit, da vor Freud alle

Engel singen . . .« Dieses Weihnachtslied mag er besonders gern. Er hat es im Kirchenchor gelernt, dem er sich in Würzburg angeschlossen hat. Und dann weiß er noch einen Trost für seine Mutter: Sie soll ruhig noch eine Weile in Deutschland bleiben, er wird ihr viel Schönes in Würzburg zeigen, und wenn die Semesterferien kommen, wird er mit ihr zusammen für eine Zeit in die Staaten zurückfliegen.

Daniel und Maria Sybilla haben schon heute ihre Bescherung: Daß sie im Märchenhaus bleiben dürfen, ist für sie das schönste Weihnachtsgeschenk.

Der Helfer ist schon da!

Alice Seidenthal hat Wort gehalten: Am Vormittag des 24. Dezember kommt sie auf einen Sprung vorbei ins Pfarrhaus, um sich von ihrer Freundin Maria zu verabschieden und ihr ein frohes Fest zu wünschen. Sie hat auch Geschenke mitgebracht: ein lustiges neues Spiel für die ganze Pfarrersfamilie und für Maria Michaela noch ein hübsches Foto-Album. Vorne hat sie ein Foto von sich zur Erinnerung hineingeklebt und auch noch eines von allen Seidenthal-Kindern. Micky freut sich sehr darüber.

»Hast du einen Augenblick Zeit? Können wir schnell mal in dein Zimmer gehen?« drängt Alice. »Ich habe dir etwas Wichtiges zu erzählen!«

»O ja. Das muß ich unbedingt hören!« lächelt Maria Michaela.

Und als sie sich's dann im Zimmer der Mädchen gemütlich gemacht und die Tür verschlossen haben, legt Alice los: »Ich hab' dir doch berichtet, daß Tante Bettina uns eingeladen hat für die Weihnachtsferien. Als sie aber hörte, daß meine Eltern sich trennen wollen und daß wir Geschwister auseinandergerissen werden, wurde sie energisch. Oh, Tante Bettina kann sehr energisch werden! Sie sagte, es sei schon schlimm genug, wenn Eltern auseinandergehen. Wenn jedoch auch noch die Kinder darunter leiden müssen, so sei das eine Schande. Sie würde es niemals zugeben, daß man uns Geschwister aufteilt und verteilt.

Unsere Eltern waren zuerst ganz ablehnend. Mama

wollte Arno behalten und Papa mich. Nur Agnes – die wollten sie Tante Bettina gerne überlassen. Doch Tante Bettina zeigte sich von ihrer streitbaren Seite. ›Nur über meine Leiche!‹ rief sie. ›Diese Kinder werde ich verteidigen bis zu meinem letzten Blutstropfen. Wir haben Platz in unserm schönen alten Gutshaus. Bei uns werden sie es gut haben. Ihr könnt sie ja besuchen – so oft ihr wollt –, und du hast deinen Max‹, sprach sie zu Mama, ›und du die Frau Scheibelhut‹ (zu Papa). Sie fügte dann noch hinzu: ›Du sollst Ersatz bekommen, lieber Bruder. Wenn meine jüngste Tochter ihr Abitur gemacht hat, schicke ich sie zu dir nach Würzburg. Dort soll sie studieren, meine Sigrun. Sie ist ein patentes Mädel und wird sogar mit Frau Scheibelhut fertig werden.‹

Mama und Papa konnten nichts machen, denn sie litt es nicht, und so bleiben wir Kinder beisammen. Wir sind so froh – so froh! Vorher war ich ganz verzweifelt und dachte, es gäbe keine Hilfe. Aber du hast mir gesagt, Maria, daß es immer Hilfe gibt, weil der Helfer da ist. Ich danke dir so sehr, daß du für uns gebetet hast. Nun wird alles gut. Und wir wollen immer Freundinnen sein und uns schreiben, Maria. Hier hast du meine neue Anschrift.«

»In den Ferien kommt ihr vielleicht manchmal her in euer Ferienhaus«, überlegt Micky. »Dann werden wir uns wiedersehen.«

»Ja, das ist gut möglich. – Jetzt muß ich gehen.« Und mit diesem Trost auf ein Wiedersehen nehmen die Freundinnen Abschied.

Der Weihnachtsgottesdienst in Moosbrügge ist – wie immer – sehr schön und feierlich. Pfarrer Fröhling spricht über die Weihnachtsbotschaft der Engel an die Hirten: »Euch ist heute der Heiland geboren.« – Er ist also da – mitten in unserm Alltag, an unserer Seite – Er, der Christus, der Heiland, der Retter, der Helfer.

Nachher gehen Horners zu Hendersons ins Märchenhaus, und die Fröhlings kehren gemächlich ins Pfarrhaus zurück, bis auf den Hausvater, der noch im Filialdorf Wildenbach Gottesdienst halten muß. Die beiden Kleinen – Biggi und Dickie – sind allerdings schon nach der Kinderweihnachtsfeier, die immer um vier Uhr stattfindet, heimgelaufen.

Kaum ist Pfarrer Fröhling aus Wildenbach zurück und die Familie hat sich niedergelassen zum festlichen Abendessen, da kommen schon die Horners angebraust in ihrem Mietwagen. Millicent Horner ist bepackt wie ein Weihnachtsmann: Sie hat lauter Plüschtiere zum Kuscheln und Knuddeln für die Kinder mitgebracht. Wigbert kriegt einen Esel (zur Erinnerung an seinen Esel aus dem Puppenspiel), Maria Michaela ein Lämmlein, Brenda Brigitte einen Löwen und Rainer Richard ein Häschen. –

Micky legt schnell noch zwei Gedecke auf, und die Horners müssen an dem großen Eßtisch Platz nehmen, obwohl sie beteuern, daß sie keinen Bissen mehr hineinbekämen, denn sie hätten doch schon bei Hendersons gespeist und die hätten ein fertiges Menü bei Biesters bestellt, das heißt »Menü à la Tischlein deck dich.«

»Das kennen wir«, schmunzelt Biggi, verdreht die Augen und leckt sich die Lippen.

Aus Höflichkeit kosten die Horners von dem leckeren Reissalat, den Anne-Kathrin bereitet hat mit Hähnchenfleisch, Äpfeln, Orangen und Bananen. – Während die Pfarrfamilie dann noch weiterschmaust, fangen die Horners an zu erzählen. Sie haben nämlich viel

erlebt an diesem 24. Dezember! Am Vormittag ist Herr Henderson mit ihnen nach Wildenbach gefahren. Dort steht ein altes Fachwerkhaus zum Verkauf. »It is a water-mill!« zwitschert Mrs. Horner in den höchsten Tönen.

Wie? Eine richtige Wassermühle? Zum Kornmahlen ist sie freilich schon seit längerer Zeit nicht mehr benutzt worden, doch das Bächlein, das die Mühle treibt, fließt noch vorbei, und das Mühlrad ist auch noch vorhanden und kann wohl wieder in Betrieb genommen werden. Carl Friedrich fing gleich an zu singen: »In einem kühlen Grunde, da geht ein Mühlenrad«, und seine Mutter war überglücklich, daß auch er Gefallen fand an der idyllischen alten Mühle. Herr Henderson versprach, daß sie genauso schön werden sollte wie das Märchenhaus – vielleicht sogar noch schöner!

»Ja, es ist ein sehr idyllisches, romantisches Plätzchen«, findet Carl Friedrich, »ein Ort, wo einen die Muse küßt! Wenn ich ein Maler wäre, würde ich die alte Mühle sofort malen.« – Millicent Horner seufzt befriedigt. Ihr Sohn wird ein Haus in Deutschland haben – das ist sehr beruhigend! Und eines Tages wird er dort in der Waldeinsamkeit hoffentlich auch seine Prinzessin entdecken.

Biggi schaut die Amerikanerin zweifelnd an. »Eine Prinzessin? Es gibt so wenige. In Wildenbach schon gar nicht. Dort trifft man höchstens Wilderer und vielleicht noch Räuber.«

»Aber im Walde gibt es Prinzessinnen!« widerspricht Dickie. »Manchmal sind sie verstoßen worden und verstecken sich in einem hohlen Baum und müssen warten, bis ein Königssohn auf Jagd geht und sie entdeckt. Auch Schneewittchen irrte im Wald umher, bis es das Häuschen mit den sieben Zwergen fand . . .«

»Es gibt auch heimliche Prinzessinnen«, verrät Vater Fröhling und erwähnt ein Märchen von Volkmann-Leander. Darin wünschte sich ein junger Mann so sehr eine Prinzessin zur Frau. Und er bekam auch eine! Doch es war eine »heimliche Prinzessin«. Nur er selber erkannte sie. Für die andern war es nur ein ganz gewöhnliches junges Mädchen. Das störte ihn nicht. Er wollte ja nicht mit ihr angeben, sondern in aller Stille glücklich sein mit seiner Prinzessin. Und das war er auch!

Die Mahlzeit ist beendet, und Carl Friedrich dringt darauf, daß es nun ans Musizieren geht. Es werden so viele Weihnachtslieder gesungen wie noch nie, bis Biggi erklärt, sie sei schon ganz heiser. Dann packen die Kinder ihre Geschenke aus und spielen damit, und Pfarrer Fröhling und Mrs. Horner unterhalten sich, während Frau Fröhling und Carl Friedrich vierhändig Klavier spielen. Und sie hätten immer weiter gespielt, wenn Frau Horner nicht energisch geworden wäre und erklärt hätte, sie müßten jetzt heimgehen in den »Funny Inn«. Sie hat sich übrigens sehr gefreut über den Band mit Grimms Märchen und über die deutsche Bibel, die Fröhlings ihr geschenkt haben. Von ihrem Sohn hat sie einen Bildband über Würzburg bekommen und noch einen über das Mainfränkische Museum.

Vor zwei Jahren ist ein Vater mit seinem Sohn in der Heiligen Nacht durch Moosbrügge gewandert. Es war Pfarrer Fröhling mit seinem Sohn Wigbert. Diesmal ist wieder ein Mann mit einem Jungen unterwegs. Es ist Lehrer Eduard Lindow mit seinem Neffen Ethelbert Littmeyer. Damals haben die Sterne am dunklen Nachthimmel gefunkelt. Heute ist es trüb und neblig. Die beiden – Onkel und Neffe – haben wichtige Dinge zu bereden, genau wie damals Vater und Sohn.

»Du mußt mir schon verzeihen, Ethelbert«, sagt Herr Lindow, »ich fürchte, ich habe dich nicht immer richtig behandelt. Es kommt alles daher, weil unsre Herzen noch zu wund sind. Du trägst noch Leid um deinen Vater und ich um meine Frau Gundi. Und nun hattest du Angst, ich würde dir auch noch deine Mutter wegnehmen. Aber du mußt es mir glauben: Deine Angst ist unberechtigt.«

»Ich weiß«, flüstert Ethelbert betreten. »Ich war sehr dumm.«

»Nein, nein«, widerspricht der Onkel, »das würde ich nicht sagen. Das ist ganz verständlich. Es ist eigentlich alles noch zu früh. Doch was soll ich tun? Ich hatte so sehr gehofft, meine Mutter könnte meine Töchter noch eine Weile betreuen. Das ist nun nicht mehr möglich. Ja, wenn sie schon etwas älter wären, könnte ich das vielleicht allein schaffen. Leider sind sie dazu noch zu klein. Und sie kennen ›Tante Lenore‹ und hängen an ihr . . . Auch wir kennen einander, deine Mutter und ich. Unsere liebsten Menschen sind zusammen ums Leben gekommen. Das verbindet. Wir wissen, daß niemand von uns dem andern seine Erinnerungen wegnehmen will und wird, denn es sind ja zum großen Teil gemeinsame Erinnerungen. Aber da sind nicht nur die kleinen Mädchen, die unbedingt wieder eine Mutter brauchen, da bist du auch noch, ein großer Junge von zwölf Jahren. Ich werde versuchen, dir gegenüber nie den Vater herauszukehren; ich möchte dir nur ein guter Onkel sein. Meinst du, wir werden miteinander auskommen können?«

Noch vor einer Woche hätte Ethelbert das stark bezweifelt. Seit Dienstag ist alles anders geworden. Er hat ein Gelübde getan. Das muß er halten. – Und so murmelt er: »Ich denke schon.« Etwas lauter fügt er hinzu: »Alleine würden wir es vielleicht nicht schaffen. Doch es gibt einen Helfer, weißt du? Ich habe ihn durch die Fröhlings kennengelernt. Pfarrer Fröhling hat auch heute davon gesprochen im Weihnachtsgottesdienst. Ich habe nicht geglaubt, daß beten wirklich hilft. Nun hab' ich's erfahren; als Ilse verschwunden war – Mutti hat es dir erzählt. – Bei den Fröhlings habe ich auch gelernt, daß es schön ist, Geschwister zu haben. Und weißt du was, Onkel Eduard? Wir müssen unbedingt ein neues Kätzchen besorgen für Ilse-Lore. Sie werden Bessy so sehr vermissen. Denn die Seidenthals werden ja wegziehen zu ihrer Tante Bettina, und da nehmen sie natürlich ihr Kätzchen mit. Die Tante und der Onkel haben einen Gutshof – da ist Platz für alle Sorten von Tieren!«

Eduard Lindow blickt seinen Neffen an, als sähe er ihn zum ersten Mal. Das ist ja ein ganz neuer Ethelbert, den er noch nicht kennt! Er drückt ihm fest die Hand – ein Händedruck unter Männern! »Wird gemacht, Ethelbert«, verspricht er. »Die Fröhlings werden uns da sicher helfen können – vielleicht durch Frau Dr. Calmus. – Also, mein Junge – auf eine gute Freundschaft und Kameradschaft!« – Das ist das richtige Wort für Ethelbert. Jetzt kehrt Eduard Lindow weder den Onkel noch den Lehrer und Erzieher heraus. Ethelbert gewinnt Mut und faßt Vertrauen. Es wird gehen.

Müde und glücklich liegen die Pfarrersbuben in ihren Betten. Vor lauter Freude können sie noch nicht gleich einschlafen. »Hör mal, Wickie, bist du eigentlich traurig, daß du nicht nach Amerika fahren wirst?« fragt Rainer Richard seinen großen Bruder.

»Ach nein«, erwidert Werner Wigbert. »Vielleicht fahre ich später mal hin. Dann bin ich schon älter und habe mehr davon. Da kann ich dann auch schon besser Englisch.«

»Ja«, murmelt Dickie, schon ein wenig schlaftrunken. »Und dann ist es in Moosbrügge ja auch am schönsten. Denn hier sind die Eltern.«

»Und die Geschwister.« –

»Und unser Pfarrhaus, das so richtig gemütlich ist.«

»Und die Kirche.«

»Und Anne-Kathrin.«

»Und der Kater Charlie.«

»Und alle unsre Freunde . . .«

»Aber einige davon werden wir verlieren«, erinnert Wickie.

Dickie gähnt herzhaft. »Ja, ich weiß. Die Seidenthals. Und das ist schade, denn mit dem Arno hatte ich viel Spaß. Der war so drollig. Sie ziehen zu ihrer Tante Bettina. Da haben sie es gut – auf dem großen Bauernhof mit all den Tieren. Darum darf man nicht traurig sein. Es ist besser für sie. Die böse Frau Scheibchen-am-Hut kann sie dann nicht mehr ärgern.«

»Littmeyers werden wohl auch wegziehen – in die Stadt.«

Auf einmal ist Dickie hellwach. »Was? Der Ekelbert? Wieso denn das? Wer hat denn das gesagt?«

»Anne-Kathrin hat's erzählt. Sie weiß immer alles, und es stimmt immer. Littmeyers werden zu diesem Onkel Eduard ziehen. Wegen der kleinen Mädchen. Und eines Tages werden sie dann wohl mal heiraten, der Eduard Lindow und die Lenore Littmeyer. Aber sag bitte nicht mehr ›Ekelbert‹. Es paßt nicht mehr. Er ist kein Ekel – nein, das ist er nicht mehr.«

»Du meinst, er hat sich geändert, Wickie?«

»Ja, so wird es wohl sein. Vor einem Jahr, da konnte

ich es nicht glauben, daß es möglich wäre. Aber Mutti hat mir damals gesagt, für Gott gäbe es keine hoffnungslosen Fälle. Bei ihm sind alle Dinge möglich. Bei allerlei seltsamen Menschen geschehen wundersame Dinge – ganz besonders in der Weihnachtszeit.« – Und dann schlafen Dickie und Wickie in Frieden ein.